KB012204

2
고블린 슬레이어 외전
GOBLIN SLAYER! SIDE STORY: YEAR ONE
The Dice is Cast.
: 이어원

—고블린을 죽이는데
도움이 되는 걸 받고 싶다.

이봐, 이걸 꼭 나한테 팔아줄 수 없을까?
돈은 얼마든지 내겠어. 아니지,
—뭐든지, 해줄 수도 있는데?

"야, 그거 아냐?"
"뭔데."
"고블린 슬레이어.
요즘 그 녀석이
시냇가의 오두막에 다닌데."
"시냇가……
그 괴팍한 여자가 있는 곳?"

© 2018 Shingo Adachi

Take that you fiend
이거나, 먹어라!

# Contents

GOBLIN SLAYER! SIDE STORY : YEAR ONE

The Dice is Cast.



GOBLIN SLAYER! YEAR ONE

# 고블린 슬레이어 외전

GOBLIN SLAYER! SIDE STORY: YEAR ONE

: 이어원

저자 카규 쿠모

일러스트 아다치 신고

캐릭터 원안 칸나츠키 노보루

신이시여　신이시여

주사위 굴리며 같이 놀아요

하나가 나오면 위로해줄게요

둘이 나오면 웃어줄게요

셋이 나오면 칭찬해줄게요

넷이 나오면 과자를 줄게요

다섯이 나오면 춤을 출게요

여섯이 나오면 키스해줄게요

일곱이 나오면 놀이판 밖으로

# 제1장 『싸움이 끝난 뒤(애프터 세션), 그림자의 근원(시나리오 후크)』

Goblin Slayer YEAR ONE The Dice is Cast.

검붉게 물든 대지가 석양의 색으로 더욱 어둡게 물들기 시작하고 있었다.

황야를 지나치는 바람은 차갑고, 주검의 냄새와 쇳내, 마력으로 끓어오른 대기의 냄새를 실어 날랐다.

—정말이지, 탐욕스럽기 그지없군.

기마를 막기 위해 창 울타리를 몇 개씩 세워둔 둔덕에 앉아, 그 무승은 느긋하게 눈을 돌렸다.

아까 전까지 그토록 떠들썩하고 소란스러웠던 전장도 이제는 조용했다.

검극, 말발굽이 울리고, 드높은 영창, 함성, 단말마.

피바람을 동반한 축제 같은 잔향도 멀리 사라지고, 이제는 일말의 쓸쓸함만 남을 뿐이었다.

무승은 그것이 참으로 아쉽기 짝이 없었다.

"스님, 거기 있었나."

문득 들린 — 발소리는 이미 고막에 들어오고 있었다 — 목소리에 무승이 고개를 들었다.

빛바랜 금발을 땋아 올리고, 세월이 느껴지는 기사 갑주를 입었지만 젊은 여장군이었다.

이 변경의 작은 요새를 맡은 인물이며, 끌어 모은 병사와 용병의 상관.

지금은 지팡이 대신 쓰고 있는 가는 대검을 말 위에서 휘두르던 모습이 똑똑히 기억난다.

무승이 듣기로 어느 귀족의 영애라고 했지만, 선조에게 부끄럼 없는 강함이었다고 감탄했다.

"아름다워지셨구려."

"……뭔가. 비꼬는 건가?"

"가학에 소양은 있네만, 여인의 아름다움을 평가하는데 쓰지는 않는다네."

무승의 말에 여장군이 당혹한 기색으로 오른쪽 눈을 깜빡였다.

늠름한 얼굴에서는 한쪽 눈이, 예술적인 몸에서는 손발이 결손 되어 사람의 형태가 상해 있었다.

전장에서 치열하게 싸운 결과, 혹은 대가라 해야 하리라.

붕대에 스며들어 검게 굳은 핏자국이 안쓰럽고, 그녀의 호흡 또한 괴로워 보이며 다소 가쁘다.

그러나 그녀는 무훈을 세우고 살아남아 여기에 있다. 이것을 아름답다 하지 않고 뭐라 할 것인가?

여장군이 저녁놀에 붉게 물든 표정을 찌푸리고 헛기침을 한 번 했다.

"시체를 모으는데 시간이 걸렸다. 기다리게 해서 미안하군. 장례식을 부탁해도 되겠나?"

"그야 물론일세."

젊은 무승은 느긋한 움직임으로 일어섰다.

몸에 걸친 복장에 검붉은 핏자국이 여기저기 흩어져 있었지만 신경 쓰는 기색도 없다.

“허면, 공양의 양식은?”

“스님의 종파는 어떻게 하나?”

“주검은 방치하여 천지로 되돌려주면, 언젠가 강한 자가 되어 재래(再來)한다네.”

“재래(리스폰)?”

기묘한 말, 혹은 불길한 말을 들은 것처럼 여장군이 얼굴을 찌푸렸다.

“……구멍을 파서 적의 시체를 던져뒀다. 불을 붙일 테니 축도를 부탁하지.”

“알겠네.”

여장군의 걸음에 맞추어, 무승은 창이 늘어선 둔덕을 천천히 걸었다.

적의 기마가 돌진한 탓에 이곳저곳 창이 부러져서 마치 살이 나간 빗 같았다.

저녁 해가 비추어 뻗은 들쭉날쭉한 그림자를 밟고서, 무승은 날씨 이야기를 하는 것처럼 말을 자아냈다.

“틈새(니치)에 파고들지 못하는 것은 죽는다, 라고 하네만. ……후, 후.”

“나도 스님 같은 부류는 싫어하지 않지만 말이야. 옛날에 생가를 방문한 자가 있었지.”

여동생이 잘 따랐지. 그 말에 무승이 「허허」 목소리를 흘렸다.

"그런데, 고블린 놈들이 제법 많았네만 그것도 모두 공양하면 되겠는가?"

"하는 수 없지."

여장군은 지긋지긋하단 어조로 응답했다.

"고블린이든 뭐든, 또 언데드가 되면 난처하니까."

가는 앞길, 황무지 한구석. 흘러내린 먹물의 얼룩처럼 검디검은 영역이 보였다.

시체를 던져놓은 구멍이다. 모두 괴물— 기도하지 않는 자 놈들의 주검들뿐이다.

기도하지 않는 자(Non-Prayer) 놈들은 다크 엘프(어둠 종족)라면 모를까, 동료의 시체를 회수하지 않는다.

저주로 일어나 망자가 되어 군세에 돌아오기를 기대하기 때문이다.

동료의 시체를 회수하는 것은 기도하는 자(Prayer)뿐.

그것을 쓸데없는 감상에 지나지 않는다고 비웃는 자도 있을지 모르나— 사람은 감상 없이 살아갈 수 없다.

물론 대적할 적을 가리는 건 좋지 않다. 불사의 망자를 멸하는 순간 또한 참으로 가슴이 벅차는 것이다.

무승은 그런 생각을 하면서, 불결한 고블린 놈들의 시체로 메워진 무덤자리를 내려다보았다.

"혼돈의 졸병 놈들은, 양이 많으니 말일세."

"그래. 5년 전에…… 마신왕이 파멸했는데도 말이지."

여장군이 다소 피폐해진 모습으로 숨을 내쉬었다.

"가끔 생각한다. 자기 사정에 맞는 존재 말고 모두 적이라는 건 상당히 편한 삶일 것이라고 말이야."

그 피폐함이 정신적인 것인지 육체적인 것인지, 무승은 판별할 수 없었다.

어느 쪽이든 무승은 그것을 지적하는 못난 짓은 좋아하지 않는다.

악귀, 사룡, 기형의 딱정벌레, 고블린의 시체를 앞두고 있는 것이다. 여성이라도 무훈 이야기를 기꺼워하리라.

"잔당 사냥은 아직도 계속하고 있으신가?"

"일단락은 됐다. 서쪽에서도 소귀 재해가 종종 일어난다고 들었다만."

"서쪽……."

무승은 지평선 너머로 저물어가는 저녁 해를 보며 눈을 가늘게 떴다.

그의 등 뒤에는 저 멀리서 밤의 파란 색이 스며 나오기 시작했고, 태양은 미약한 흔적밖에 남지 않았다.

이제 곧 별이 흩어지고 쌍둥이 달이 흐릿하게 빛나기 시작할 것이다.

"모험가는 싫다. 교양도 없다. 농노나 창부도 싫다. 그런 것들이 도적이 되는 날도 머지않았을 거야."

"후, 후. 각자가 살아가기 위한 틈새(니치)를 찾는 것은 좋은 일이 아니겠는가?"

"앞길을 더듬어 스스로 걷기 시작하는 것이, 그저 응석만 부리는 것들보다는 낫단 말이군……."

여장군이 희미하게 웃고서 고통에 얼굴을 찌푸렸다. 무승을 그것을 흘끔 보았다.

"그런 자들을 아시는가?"

"입 다물고 있어도 하나부터 열까지, 안전한 방법을 가르쳐주지 않는 건 이상하다, 라고 하는 것들."

—마치 자신들에게 그렇게 해줄 만한 가치가 있다고 생각하는 것들이다.

여장군은 낮은 목소리로 중얼거렸다. 무승은 그 말에 어떤 마음이 담겨 있는지 알 수 없었다.

"그런 것들과 똑같아지기 싫어서, 나는 여기까지 왔다."

내 여동생도 그렇겠지.

중얼거리는 그녀는 저 멀리, 황야의 끝자락 너머를 바라본다. 눈동자는 그 너머를 비추는 것 같았다.

자신의 생존 영역을 손에 넣고자, 그녀는 계속 걸어왔으리라.

무승은 그 여로를 긍정하는 것처럼 턱을 들어 명랑한 목소리로 말했다.

"세상은, 더욱 흐트러질 걸세."

"그래, 기쁜 일 아니겠나."

"허허 참, 이거야 원."

두 사람은 얼굴을 마주보고서 껄껄 웃었다.

평화와 평온은 참으로 좋은 것이다. 딱히 그것을 나서서 부수고자 하는 생각은 하지도 않는다.

그러나 싸움 속에서 살아가는 길을 택한 것이다.

혼돈의 세력이 뭐 어떻단 말인가? 정면으로 맞서서 몰살시켜주마.

의사를 가지고, 스스로의 행동을 정한다.

그것은 《숙명》과 《우연》의 주사위에 좌우되지 않는, 게임 말인 자가 가진 유일하며 절대적이고 최대의 권리다.

자신의 길을 자기 자신이 정하는 한, 어떤 말로를 맞이하든 신들의 축복이 있다.

그리고 분명히, 그녀의 아름다움은 도시에 은거하는 것보다 전장에서 더욱 화려하게 꽃피는 것.

무승은 그녀가 멋모르는 자에게 꺾이는 것을 바라지 않고, 그녀가 그것을 고르지 않는 것을 기뻐했다.

자신과 여장군은 여행길을 잠시 함께했을 뿐이지만, 그 앞길에 축복 있으라.

"그러면 장례를 시작하겠네. 땅에 묻든 불에 태우든, 생명은 한줌의 먼지로 돌아가는 것일세."

무승은 주르륵 미끄러지듯 둔덕을 내려가기 시작했다.

그 모습을 내려다보던 여장군은 문득 생각난 것처럼 목소리를 높였다.

"그런데 스님, 전쟁이 끝난 다음에는 어느 쪽으로 가나?"

"글쎄올시다. 모든 것은 바람 가는 대로, 발길 가는 대로 정하는 것이네만—."

무승은 느긋하게 걸으면서 태양 쪽을 보았다.

이미 그곳에 빛은 없고, 지평선에서 한줄기 광선이 뻗을 뿐이다.

그것은 마치 세상의 끝자락에 선 탑 같았다. 그는 그 광경이 좋게 보였다.

"서쪽 변경이라면, 아직 소란스럽고 즐겁지 않겠는가?"

그렇게 말하고, 젊은 리자드맨(도마뱀 수인)의 승려는 유쾌하게 눈을 빙글 돌렸다.

# 「걷지 않으면 아무것도 시작되지 않는다는 이야기」

"동굴 탐색이라고 해도 폐광의 지도 작성이잖아. 괴물도 없는 것 같고, 얼른 출발해버리자."

"아니, 잠깐 기다려."

무심코 말을 걸어버린 젊은 전사는 아뿔싸, 후회로 표정을 일그러뜨렸다.

대부분의 의뢰가 빠져나가버린 아침 늦은 시간의 모험가 길드였다.

약간 기울어진 햇살이 창으로 들어오고, 모험가들이 피워 올리는 흙먼지를 하얗게 비추고 있었다.

아무리 청소를 구석구석 해도 모험가들은 흙발로 드나든다. 무리도 아니다.

그 흙먼지 냄새가 섞인 공기를 들이쉬고 내쉰 다음, 그는 변명하는 것처럼 머리를 긁적였다.

"……아니, 그게…… 말이지."

그를 바라보는 의문스런 — 혹은 이 녀석은 뭔가 싶어 의심하는 — 눈동자가 네 쌍.

보아하니 그 네 명은 전사보다도 신참— 아니, 오늘 길드에 온 기색이었다.

장비는 싸구려지만 긁힌 흔적이 없는 새것이다. 눈동자도 반짝반짝 빛나고 있었다.

개중에서도 가장 앞에 선 아가씨, 은발을 높게 묶은 그녀의 눈이 가장 곧았다.

흄(인간)이고, 키가 크다. 가슴은 풍만하고 다리도 길다. 근육이 보이는 체구를 보니 분명 무투가 같은 것이다.

그렇지만 눈매만은 다른 누군가와 겹쳐서 보인 탓에, 젊은 전사는 어색하게 말을 이었다.

“……괴물이 있을지 없을지 모르니까 조사하는 거잖아?”

젊은 전사는 간신히 말을 내뱉더니 끈적거리는 침을 삼키고 덧붙였다.

“기습의 가능성은 언제나 있어. 조심하는 편이 좋아.”

“어, 아, 그, 그렇구나. 그렇네요.”

젊은 전사의 말에 은발의 무투가는 「우와」 하며 당황한 기색으로 동료들과 얼굴을 마주보았다.

그런 가능성을 요만큼도 생각지 못한 탓이리라.

보아하니 그들은 모두 투구를 가진 기색도 없고, 방패 같은 것도 없었다.

—이 꼴로 모험가, 란 말이지.

몇 번인가 경험을 했기에 새삼 알 수 있었다. 자신이 얼마나 무모하고, 미숙하고, 어리석었는지.

아주 약간의 시간과 경험의 차이가 얼마나 많은 차이로 이어지는지 확실히 알 수 있었다.

모르는 것이다. 생각지 못한 위험이 존재한다는 것 따위.

자신의 힘으로 헤쳐나갈 수 있다고, 그렇게 믿는 마음만 그곳에 있었다.

"어쩌지……."

"아니 그래도, 안 받을 수는 없어. 이제 돈이 거의 없다고."

"그러니까 역시 하수도에 가면……."

"네 명 분을 버는데 얼마나 들어가 있어야 한다고 생각합니까?"

신참들은 한군데 모여서 이것도 안 된다 저것도 안 된다 이야기를 시작했다.

그것은 그냥 옆에서 들어봐도— 대개는 금방 객사할 법한 전형적인 대화였다.

손가락질하면서 비웃고 바보 취급하는 것은 쉬운 일이다.

내가 상관할 일 아니다. 내치고서 물러가도 아무도 탓하지 않는다.

모험가는 자기책임이다.

어떻게 살아도 되는 대신에, 어떻게 죽든 아무도 수습해주지 않는다.

그나마 신분 보장을 해주는 길드는 온정이 있는 것이다.

아무것도 없는 상태로 광야에 내던지는 것에 비교하면…….

—나도 마찬가지, 구만.

잠시 뒤에, 젊은 전사는 깊은 숨을 내쉬었다.

지금도 솜털이 보송보송하지만, 새내기 무렵에는 그들과 큰 차이 없었으리라.

그렇게 생각하자 괜히 아래로 보면서 말을 거는 것은 참으로 부끄러운 행위 같았다.

—그렇게 고민할 거면 처음부터 말을 안 걸면 좋았을 텐데.

그는 머리를 긁적이고 물러나려고 발길을 돌렸다. 오늘은 애당초 오후부터 느긋하게 의뢰를—.

“저, 저기.”

등 뒤에서 누가 말을 걸어 그 발길을 붙들었다.

돌아보니 역시나 곧은 시선.

은발의 아가씨가 머리칼을 튕겨 올리면서 꾸벅 고개를 숙였다.

“죄송합니다, 가르쳐 주셔서. 감사합니다!”

—그럴 생각은, 아니었는데 말이지.

동료들 곁으로 총총 달려가는 아가씨의 등 뒤에서 은발의 꼬리가 통통 흔들렸다.

젊은 전사는 깊은 숨을 내쉬었다.

—언제까지고 꾸물거려봤자, 아무도 구해주지 않는다…… 이 말이군.

“……폐광의 지도 만들기라고?”

젊은 전사는 갓 등록한 모험가들을 향해 천천히 걸어갔다.

머릿속으로, 어떻게 해야 아래로 보는 것 같지 않게 동행을 제안할까 생각하면서…….

# 제2장 『하나의 반지, 하나의 등불』



그 날은 평소처럼 지독하게 역겨운 하루였다.

이끼가 낀 돌로 지은 유적은 바닥에서 냉기가 올라오고, 천장 틈으로 햇빛이 바늘처럼 찌르고 들어온다.

파수꾼 고블린은 녹이 슨 창을 손에 들고 짜증스럽게 바닥을 찼다.

"GOROOBB! GORB!!"

"아, 끄아아아아아?! 히익?! 히익?!"

"GOROORBB!!"

귀를 기울이면 멀리서, 넓은 방에서 즐기는 소리가 들린다.

정말이지 어째서 이럴 때 **밤**의 경계를 서야 하는지.

이런 곳에 들어오고자 하는 놈은 거의 없을 텐데.

이미 고블린의 머리에서는 며칠 전에 붙잡은 것이 유적을 뒤지러 온 모험가였다는 사실이 빠져 있었다.

그러나 남자 몇 명, 여자가 몇 명 있어서 이걸로 얼마 동안 즐길 수 있겠다고 생각한 것은 기억하고 있었다.

드워프(난쟁이) 남자는 상당히 살이 올랐으니 한동안 식사 걱정은 안 해도 된다.

놈들의 고기는 딱딱하지만, 사치는 — 물론 그는 당연한 권리라고 생각했지만 — 부릴 수 없다.

"끄으이이이이이이이익?!"

"GBOR!!"

그러나, 그건 그렇고 오늘은 여자가 잘 운다.

무슨 새로운 놀이를 생각해냈구나. 그 고블린은 입맛을 다셨다.

처음에는 죽인 남자의 머리를 들이대기만 해도 여자들이 소란을 피워서 무척 재미있었다.

그런데 요즘에는 반응이 둔해져서 질려가던 참이었다.

머리 — 이미 썩어가고 있었지만 — 를 보여줘도 「아」나, 「으」 같은 소리만 낸다.

그런데 이런 반응인 걸 보니, 분명히 상당히 재미있는 일을 하고 있는 것이리라.

그렇게 생각하자 가만있을 수가 없었다. 고블린은 끊임없이 발을 굴러댔다.

경계 따위는 그만해도 되지 않을까?

문득 뇌리에 번득인 그 생각에 고블린은 스스로도 명안이라며 고개를 끄덕였다.

몰래 섞여도 아무도 눈치 못 챈다. 오히려 다른 녀석이 경비를 서야 한다.

그렇다. 그렇게 하자. 고블린은 창을 내던지고 허리에 감은 천을 괜히 정돈하며 뒤돌아섰다.

다음 순간, 뱀 같은 무언가가 스르륵 목에 휘감기더니 목 위를 날카로운 칼날이 지났다.

고블린은 자신의 피가 푸우욱 뿜어져 나오는 소리를 들으며 그것에 빠져 빠끔거렸다.

그리고 곧 움직이지 못하게 되어 그 고블린은 죽었다.

아무도 그 죽음을 추도하지 않았다.

§

"하나."

경련하는 고블린의 숨이 끊어질 때까지 입을 막고, 그 모험가는 천천히 시체를 눕혔다.

검을 휘둘러 피를 떨쳐내고는 칼집에 넣은 뒤, 발치에서 주운 창을 검사하고 허리띠에 끼웠다.

들 수 있는 양은 한계가 있지만, 방해가 되지 않는다면 무기는 얼마든지 있어도 곤란할 것 없다.

그리고 조용히 주위를 살피고 고블린의 시체를 차서 으슥한 곳으로 치웠다. 만약을 위해서다.

그는 덤으로 왼손에 쥔 횃불을 조용히 바닥에 놓아 양손을 비췄다.

멀리서, 큰 공간에서 고블린 놈들이 벌이는 향연이 똑똑히 들렸다.

그는 천천히 신중하게, 배에 힘을 넣어 뒤꿈치부터 발을 내려 소리를 내지 않고 기어가는 것처럼 나아갔다.

앞꿈치로 서서 가면 괜한 힘이 들어가고, 무엇보다도 가장 무거운 부분이 세차게 땅에 떨어진다.

발소리를 죽이고 싶은데 앞으로 기울어져서 돌진하면 어쩌느냐? 스승에게 호되게 얻어맞았었다.

불빛이 흘러나오지만 고블린에게는 빛이 필요 없다. 난방을 위해서, 혹은 놀이를 위해서이리라.

—후자로군.

예상대로였다.

"아아악?! 아아아악?!"

"GOROBOGO! GOROBOGOGOG!!"

여자의 탁한 비명이 들리고, 고블린 놈들이 그것을 듣고 게글게글 비웃었다.

방의 중앙에 지핀 불로 달군 철봉을 아가씨의 피부에 들이대고 있는 것이다.

그럴 때마다 그녀는 몸을 비틀고, 꼴사납고 우스꽝스럽게 춤을 추는 것처럼 벗어나고자 했다.

언뜻 보기에 그는 그녀가 모험가인지 마을처녀인지 전혀 알 수 없었다.

겁먹고, 비명을 지르고, 도망쳐 다니고, 흐느끼고, 용서를 구하는 모습은 흔히 보는 계집아이와 다름없었다.

그러나 목에서 잘그락거리는 소리를 내는 인식표가 흔들리고 있었다.

사전 정보를 얻은 그마저도 알아보기 힘들 정도로 그 아가씨는 마음이 꺾여 있었다.

그렇게 되기까지 무슨 일이 있었는지, 그는 생각하지 않았다. 알고 있으니까.

그리고, 그녀는 그나마 나은 편이었다.

쓰레기장처럼 흩어져 있는 뼈들 사이에는 다른 몇 명의 아가씨가 피와 오탁에 젖은 채 널브러져 있었다.

탁하고 빛을 잃은 눈동자를 보이는 자, 있어야 할 것이 결손된 자, 잠꼬대 같은 것을 중얼거리기만 하는 자.

그 밖에도 고블린 놈들의 뱃속에 들어간 포로도 있으리라.

어느 쪽이 행운인지— 그는 생각지 않았다. 그밖에 우선할 것이 있었다.

—적은 넷. 검, 도끼, 곤봉. 활 없음. 그 중 한 마리는 홉(Hob)이군.

"GOROOBOG! GOROBG!!"

"GBRRG……."

체격이 좋은 한 마리가 그릇 — 고블린이 만든 것은 아니리라 — 에서 고기를 집어 탐하고 있었다.

뿐만 아니라 턱짓으로 다른 고블린을 부리고, 쥐어박아 그 손에 있던 잔을 빼앗았다.

놈의 목에는 모험가들에게서 빼앗은 것으로 보이는 인식표 몇 개가 빛나고 있었다.

저것이 두목이 틀림없으리라. 홉고블린.

그는 조금 생각한 다음, 스르륵 안으로 미끄러져 들어갔다. 그리고 석벽 틈에 손가락을 걸었다.

이끼가 끼어 있지만 손으로 잡기엔 충분하다. 쑥쑥. 몸을 끌어 올렸다.

한 단 올라가서 발 디딜 곳을 찾고, 몸을 지탱하여 다음 장소에 손을 대고 또 올라간다.

민첩한 움직임이라고 할 수는 없지만, 어렸을 때 나무 타기를 했던 걸 생각하면 편하다.

그 나무는 아직도 남아 있을까? 벌써 사라졌을까?

"으극…… 시, ……이제, 시러……악!"

"GROGB! GRROROGB!!"

그는 문득 스치는 사고를 무시하고 고블린 놈들 쪽으로 주의를 기울였다.

아무리 상대가 소란을 피우고 있어도 소리를 내서 좋을 것 없지만, 다소는 문제없다.

그는 한 번 손을 멈춰서 호흡을 가다듬고는 조금 더 벽을 등반했다.

그리고 거리를 확인 한 다음, 힘껏 벽을 차고 뛰었다.

초인적인 도약 따위 가능할 리 없다. 갑옷과 투구를 입고서 뛰면 떨어질 뿐.

그러나 필요한 것은 고블린을 짓밟아 뭉개는데 필요한 속도와 고도다. 이걸로 충분하다.

"GBOROB?!"

갑작스런 낙하물에 뭉개진 고블린이 탁한 소리를 지른다. 그것을 무시하고 목을 짓밟아 꺾었다. 둘.

"GGB?! GOBOGORB!!"

"GRBG!!"

기습을 받은 고블린 놈들이 입을 모아 소란을 피우며 일어서지만, 그것은 물론 알고 있었다.

이미 그의 양손은 시간을 낭비하지 않고 단검을 뽑고 있었다.

"GROOGBG?!"

"GORRG?!"

던진 단검이 목에 박히고, 고블린이 물에 빠진 것처럼 손을 휘저으며 쓰러졌다. 셋.

그는 그 죽는 꼴을 확인하지도 않고 허리띠에서 창을 역수로 뽑아 등 뒤로 찔렀다.

"GOBOOOGOB?!"

여자를 꿰뚫는 것에 열중하다가 대응이 늦어진 고블린이 등 뒤에서 꿰뚫려 몸부림쳤다. 넷.

"히익!"

뿜어져 나온 피를 머리부터 뒤집어쓴 포로 여자가 비명을 지르지만 지금은 아무래도 좋다.

"GOOOROGOB!!"

잇따라 동료가 살해당한 홉고블린이 재목 같은 곤봉을 휘둘렀다.

기습으로 우두머리를 쓰러뜨리는 것이 제일이지만 보장할 수 없다. 실패해서 5대 1이 되는 것은 피하고 싶었다.

일단은 전력적 불리함을 뒤집는다. 이야기는 그 다음부터다.

"GOROBG! GGBGOROGB!!"

"흐, 압!"

땅바닥에 처박힌 곤봉이 잔반 같은 식사를 짓뭉개며 튕겨 올렸다.

그는 곧장 뛰어서 그것을 피하고, 오른손으로 어중간한 길이의 검을 뽑았다.

"무사한가?"

"아, 으……."

바로 옆에는 방금 전까지 고문을 받던 여자가 있었다. 말을 걸어도 반응이 무디다.

휘말려들 수도 있다. 후퇴는 못한다. 홉고블린이 다가온다. 그는 혀를 찼다.

"흥."

"GOROG?!"

이어서 공격하려던 홉고블린이 비명을 질렀다.

그가 발치로 훌쩍 던진, 빨갛게 달궈진 철봉을 걷어찼기 때문이다.

방금 전까지 아가씨를 지지고 있었음에도 홉고블린은 철의 뜨거움에 무심코 몸을 움츠렸다.

그는 틈을 놓치지 않고 왼손의 원형 방패를 들면서 똑바로 품속으로 뛰어들었다.

"GROGORO!!"

"으으……으!"

내리치는 곤봉을 되도록 상대의 손 가까운 지점으로 받아 비껴냈다. 왼손이 삐걱거린다.

그러나 이제 문제없다. 오른손의 검을 홉고블린의 배에 박고, 있는 힘껏 비틀었다.

"GOROGOBOGOBOGOROBG?!"

절규를 지른 홉고블린이 곤봉을 떨어뜨렸다.

이걸로, 다섯—.

"GGBGRO!!"

"크……아?!"

그러나 다음 순간, 있는 힘껏 휘두른 주먹에 그가 머리를 맞고 공중에 떠올랐다.

방의 구석에 처박혀서 뼈와 먹다 만 찌꺼기와 함께 쓰러지— 아니, 굴렀다.

간발의 차이로 그곳에 내려오는 주먹을 피하기 위해서다.

망연자실한 아가씨들이 다가오는 위기에 비명을 지르는 가운데, 그는 머리를 흔들고 일어섰다.

—즉사하지 않았나?

급소가 아니다. 아니, 그런 걸 생각하는 것보다 먼저 할 일이 있었다.

그는 손으로 더듬어 발치를 뒤져, 흔들거리는 불분명한 시야 속에서 그것을 내리쳤다.

"GBOORGB?!"

비명. 근육과 뼈를 뭉개는 소리. 어디에 맞았는지는 알 수 없다. 그러나 맞았다.

"흐, 아……압!"

"GOROGB?! GBRRH?! GPBOG?! GBBGB?!"

거리를 좁히고, 들어 올리고, 내리친다. 반복한다. 다시 한 번. 더욱이 한 방.

곧 고블린의 울음소리가 끊어지고 철퍽철퍽, 물 소리가 울리기만 했다.

그는 그제야 숨을 내쉬고 손에 든 무기를 보았다.

푸스스 연기를 피우는 그것은 고블린 놈들이 모닥불에 쓰던 장작이었다.

"……과연."

그는 그것을 살핀 다음에 버리고, 홉고블린의 배를 짓밟으며 검을 뽑았다.

내장이 흘러나왔지만 만약을 위해 다시 한 번 그것을 칼날로 휘젓고 마무리를 지었다.

배를 찔러도 죽지 않았다. 얼굴이 뭉개져도 일어날 가능성이 있다.

그리고 고블린이 허리에 감은 천으로 피를 닦아내고 칼집에 넣은 뒤, 그는 조용히 중얼거렸다.

"다섯. ……소규모 무리도 아닐 것 같은데."

아마도 먼저 왔던 유적 탐색의 모험가들이 수를 줄인 다음이었으리라.

그리고— 아마도 괴멸한 것이다.

그는 그 사실을 생각하고, 받아들이고, 그리고 고개를 옆으로 저었다.

오해해선 안 된다. 이것은 흔히 있는 일이지만, 언제나 빈번하게는 아니다.

그러나 운이 나쁜 자는 언제나 존재하는 법이다.

어쩌다가 새내기에 아무 지식도 경험도 없었거나, 어쩌다가 전투 중에 발이 미끄러졌거나…….

그저 그뿐이었다.

그렇기에 살아남은 자신이 그들보다 뛰어나다고 생각해선 안 된다.

그것은 그가 스승에게 거듭해서 배운 것이며, 또 이렇게 계속해서 실감하는 일이기도 했다.

누가 뭐래도 고블린이란 놈들은 예외 없이 자신이 이 세상에서 가장 뛰어나다고 생각하니까.

그는 그것을 경계하면서, 불운한 생존자인 몇 명의 아가씨들을 짐을 드는 것처럼 옮겨 앉혔다.

자신의 짐과 고블린 놈들의 수확에서 비교적 깨끗한 모포를 모아서 덮어주었다.

아직 상황을 이해하지 못하고, 체력 소모도 심한 탓이리라.

흐느껴 울기만 하고 이야기도 제대로 못하는 것을 보고서 그는 담담하게 사실만 전달했다.

"곧 돌아갈 수 있다."

그리고 조금 생각한 다음에 덧붙였다.

"조금 기다려라."

—그것 말고 위로를 해봐야 무슨 의미가 있으랴?

등 뒤에서 울음을 으앙 터뜨린 아가씨들을 무시하고 그는 거침없는 손놀림으로 고블린 놈들의 전리품을 뒤졌다.

이번에는 유괴된 뒤에 시간이 별로 안 지났지만, 전에 고블린 놈들의 새끼를 본 적이 있었기 때문이다.

숨어있으면 큰일이다. 그는 고블린이 빠르게 늘어난다는 것을 학습했다.

그리고 죽어간 모험가의 인식표 정도는 가지고 돌아가 줘야 한다.

"…………?"

문득, 오물 속에 집어넣은 손이 딱딱한 것에 닿았다.

주르륵 뽑아내 보니 그것은 작은 반지였다. 보석의 반지.

《맵핑(좌표)》의 반지일까?

—아니, 달랐다.

그는 손가락으로 오물을 닦아내고 파직파직 빛나는 그 보석을 들여다보았다.

그는 그렇게 견식이 있는 편이 아니지만, 이런 보석은 본 적이 없었다.

안에서 무언가 불타고 있었다.

계속 타오른다.

"흠."

그러나 그는 그것을 아무렇게나 가방에 넣고 의식의 바깥으로 내몰았다.

생각해야 할 일은 그 밖에도 있다.

고블린 놈들의 시체. 잡혀온 아가씨들. 무사히 데리고 돌아가서 보고를 해야 한다.

그리고 보수를 받고, 장비를 갖추고, 다음 의뢰를 찾아서 고블린을 죽인다.

지저분한 가죽 갑옷에 뿔이 부러진 철 투구. 어중간한 길이의 검을 차고, 자그마한 원형 방패를 고정한 그.

고블린 슬레이어에게 그 날은 평소처럼 지독하게 역겨운 하루에 지나지 않았다.

§

"하아, 날씨 좋다!"

파란 하늘과 햇빛 아래, 소치기 소녀는 빗줄에 올린 하얀 시트를 힘차게 팡 펼쳐서 널었다.

재와 웃물을 넣은 대야에 세탁물을 넣어 열심히 밟아서 빨고, 그것을 말려서 다시 걷는다.

수고가 들지만 막상 시작해보면 어쩐지 즐거워지는 것이 신기하다. 그녀는 키득 웃었다.

그는— 간신히 헛간이 아니라 본채에서 평범하게 자도록 만들었다.

그 결과가 이렇게 나날이 세탁을 한다는 것으로 이어지는 거니까 즐거운 것도 자연스러운 일이다.

"~♪"

콧노래를 섞으며 다음 것을 손에 집었다. 셔츠— 그의 셔츠다.

부재중일 때 헛간에 들어가서 몰래 회수해온 물건이다.

흙과 먼지, 땀, 그리고 아마— 피가 아닐까, 싶은 얼룩.

그것을 씻어내지 않고 그냥 내버려둔다는 것은 그녀에겐 도저히 못하는 일이다.

맨발로 꾹꾹 밟아보니 순식간에 물이 지저분해져서 놀라기도 했지만…….

"응, 완벽해!"

파앙. 힘차게 펼쳐서 주름을 펴고, 소치기 소녀는 만족스럽게 고개를 끄덕였다.

안 지는 얼룩은 있지만 때는 벗겨졌다. 충분하다.

맨날 여자애랑 얼굴을 마주한다. 조금은 몸가짐을 신경 쓰도록 하는 게 좋다.

"다음은, 그 갑옷 같은 건데 말이지……."

우~응, 턱에 손을 대고서 생각했다.

지저분하다고 생각하지만, 어째선지 깨끗하게 닦아줄 것 같지가 않다.

그렇다고 멋대로 번쩍거리게 닦아버리는 건 망설여진다.

그것은 그의 직업적인 영역이니까, 이쪽이 멋대로 들어갈 수는 없으리라.

—직업, 이라.

소치기 소녀는 작업하던 손을 멈추고 문득 하늘을 올려다보았다.

모험. 모험가.

그 말은 가까운 것 같으면서도 참 멀게 느껴졌다.

그가 갑옷과 투구로 몸을 감싸고 무기를 손에 집어, 유적이나 동굴에 들어가 괴물과 싸우고 있다.

기억하고 있는 그는 5년 전, 괜히 싸워버렸을 때의 모습…… 그런 그가 모험가가 되어 나타났다.

그것이 이어져 있다는 것을 알고 있는 자신이 있다.

한편으로는 도저히 겹쳐 보지 못하고 있는 자신도 있다.

"……어렵, 네."

마음을 단단히 먹고 가위질을 한 이후, 상당히 가벼워진 앞머리를 어쩐지 모르게 만지작거렸다.

시야는 상당히 넓어졌고 보이는 것도 달라졌지만, 아직 받아들일 수가 없는 것일까?

"뭐, 조바심 낼 필요는…… 없는, 걸까?"

어라? 소치기 소녀가 고개를 갸웃거렸다. 다음 세탁물을 집으려고 했던 손이 허공을 갈랐다.

쪼그려 앉아서 들여다보니 이미 대야 안은 텅 비었다.

흠. 깨닫지 못한 사이에 전부 끝내버렸구나.

—어떡하지?

손바닥을 펼쳐서 올려다보니 태양은 아직 높이 떴다. 이래서는 일이 끝났다고 하기엔 너무 이르다.

소나 돼지나 닭을 보살피는 일도 있긴 하지만, 시도 때도 없이 붙어 있어야 하는 건 아니다.

그리고 목장 일을 적극적으로 돕기는 해도, 힘 쓰는 일은 백부가 별로 시켜주지 않는다.

지금까지 좀 그랬다 보니 걱정을 하는 건 알겠지만, 역시 조금 쓸쓸하기도 했다.

"우~응……. ……좋아!"

그렇지. 소치기 소녀는 서투른 손놀림으로 손가락을 퉁겼다. 저녁밥을 만들어야지. 그게 좋겠다.

딱히 무슨 의미가 있어서 한 생각은 아니고, 그저 순수하게 떠오른 것뿐이었다.

그렇지만 상당히 명안 같다는 생각에 소치기 소녀는 가벼운 발걸음으로 집에 돌아가서—.

"아차차, 이럼 안 되지, 안 돼요."

들떠서 깜빡 할 뻔한 대야를 들어서 물을 비우고 이것도 말린다.

그 다음에야 그녀는 총총 현관으로 달려갔다.

뭘 만들까? 뭐가 있더라? 맛있게 만들 수 있을까? 백부의 취향은 알지만.

"걔가, 먹어줄려나……."

중얼거리고, 입술을 살며시 손가락으로 매만졌다.

그것은 어쩐지 굉장히 행복한 상상이었다. 좋아! 그녀는 팔을 걷어 부치고 기합을 넣었다.

§

"안 된다. 이건 못 사들여."

"그런가."

그 괴팍한 노인은 카운터 위에 반지를 던지고, 대단히 미심쩍은 눈으로 그 모험가를 보았다.

"이런 물건을 어디서 손에 넣었냐?"

"주웠다."

대답한 고블린 슬레이어는 그 다음에야 생각이 난 것처럼 덧붙였다.

"유적이다. 고블린의 소굴이 되어 있었다."

"고블린 놈들이라……."

오늘도 역시나 모험가 길드에 병설된 무구점은 그에 걸맞게 소란스러웠다.

고블린 슬레이어가 성큼성큼 걸어온 것은 점심이 지날 무렵이었을까?

풍겨오는 냄새와 지저분한 행색을 보니, 모험을 마치고 곧장 온 것이 명백했다.

아는 사이인지 창을 든 전사가 「으엑」 하면서 표정을 찌푸렸지만 그는 무시하고 말했다.

"장비의 보충을 부탁한다."

거기까지는 평소랑 똑같다. 이 남자가 모험가가 된 이후로 늘 그랬으니 공방의 노인장도 익숙해져 버렸다.

횃불, 약초, 상처약, 해독제, 쐐기나 잡다한 것들, 나이프에 무기와 방어구.

—전사라기보다는 탐색자(레인저)나 척후(스카우트) 같군.

요전에는 활과 화살도 필요하다고 했다. 쓸 수 있느냐고 물어보니 어느 정도라고 했다.

괴팍한 것치고 솜씨는 좋은 녀석이군. 노인장은 머릿속의 장부에 기록했다.

평소랑 다른 것은 그 다음이었다.

대금을 지불하려고 가방을 뒤지던 그가 문득 생각난 것처럼 그것을 꺼낸 것이다.

반지.

금속 고리에 반짝거리며 타오르는 듯한 보석이 달려 있었다.

아니— 타오르고 있었다. 보석 안에서, 무언가가.

"팔 수 있나?"

노인장은 아무렇게나 던진 그것을 받아 외눈안경으로 꼼꼼하게 살피고 고개를 옆으로 저었다.

"안 된다. 이건 못 사들여."

그리고 아까 그 대화로 이어진다.

노인장은 팔짱을 끼고서 우우음 하더니, 카운터 위를 손가락 끝으로 통통 두드렸다.

"마법의 반지란 것은 틀림없다만, 미감정 상태로는 위태로워서 맡을 수가 없다."

"감정은 할 수 있나?"

"할 수 있지만, 수고로워."

노인장은 팔을 뻗어 가까운 곳에 매달아둔 나무 팻말을 툭툭 두드렸다.

거기에는 몇 종류의 글자와 표식으로 『무기 방어구 도구 매매함』, 『감정 대행. 반값 차감』이라고 적혀 있었다.

그림 간판이 있는 것은, 당연히 문자를 못 읽는 자를 위해서다.

모험가를 상대한다면, 가게의 문지방은 낮고 점원이 담이 커야 좋은 법이다.

"바가지라는 녀석들도 있다만, 이쪽도 기술료라는 게 있단 말이다. 흥정은 못한다."

"그런가."

응답하는 고블린 슬레이어의 모습은 장비를 마련해준 노인장이 보기에도 볼품없었다.

지저분하고 뭔가 이상한 녀석— 이라고 야유를 받는 것도 이해가 되는 꼴이다.

마법의 반지라면 액수도 상당하다. 아직 그렇게 경험을 쌓은 게 아닌 그가 지불할 수 있을지…….

"돈은 있냐?"

"있다."

그의 대답을 듣고서 노인장이「오」하는 표정을 지었다.

"벌었냐?"

"고블린 퇴치 보수를 모았다."

그러고 보니, 노인장은 생각했다. 이 녀석 쉬지도 않고 의뢰를 받았지.

"하지만."

그러나 고블린 슬레이어는 성실하게 고개를 옆으로 저었다.

"쓸 예정이 있다. 고액이라면 못 낸다."

—하는 수 없지.

"뭐, 시험 삼아서 직접 반지를 껴본다는 수도 있다만……."

"반지를 함부로 끼지 말라고, 엄격하게 배웠다."

"그게 현명하지. ……아아, 그러고 보니."

노인장은 깊숙한 숨을 내쉬고, 짐짓 떠오른 것처럼 말을 덧붙였다.

그도 나이를 제법 먹었다. 가끔은 젊은이를 보살펴주는 것도 좋으리라.

"다른 모험가 중에 감정할 수 있는 녀석이 있을지도 모르지. 물어보면 어떠냐?"

"……다른 모험가."

짧게 중얼거린 고블린 슬레이어는 반지를 주워서 아무렇게나 가방에 쑤셔 넣고 고개를 끄덕였다.

"알았다."

"진짜로 이해한 거냐?"

그는 노인장이 말하는 것을 등으로 받으며 성큼성큼 걷기 시작했다.

실제로 이해했는가 하면, 그는 이해하지 못했다.

물론 감정을 안 하면 매각도 못한다. 다른 모험가에게 감정을 부탁해야 한다는 것은 인식했다.

문제는…….

"흠."

길드의 대합실로 발을 들인 그는 주위의 모험가들을 빙 둘러보았다.

그러나 다들 그를 힐끔 보더니 눈길을 돌려 버린다.

기피하고 있다— 는 것은 아니다. 그러나 결코 좋은 시선도 아니었다.

고블린만 죽인다는 별종이 희한하단 시선.

요컨대 지저분한 새내기 모험가에 대해 그 이상 흥미가 없는 것이리라.

그것은 그도 마찬가지였다. 그리고 바로 그것이 문제였다.

"감정."

과연, 누가 그걸 할 수 있는가…….

그는 다른 모험가들이 무엇을 생업으로 삼는지조차 몰랐다.

고블린 슬레이어는 낮게 으르렁거리고 대합실 구석의 의자에 앉았다.

가장 안쪽 의자다.

의뢰 쟁탈을 생각하면 불리한 위치였지만, 딱히 조바심 내지 않아도 고블린 퇴치 의뢰는 있다.

다른 모험가에게 방해가 되지 않는 이 의자는 그가 앉기에 좋아 보였다.

문득 고블린 슬레이어는 가방에 던져둔 반지를 꺼내 창가의 빛에 비춰보았다.

반짝거리며 빛나는 불꽃 너머에 길드를 오고 가는 모험가들의 모습이 비쳐 보였다.

오른쪽으로, 왼쪽으로. 게시판을 바라보고, 동료들과 이야기하고, 접수처로 간다. 혹은 여행을 떠나는 모험가들도 있다.

그는 그 흐름을 멍하니 바라보았다. 갖가지 모험가가 있고, 갖가지 일을 하고 있다.

—어떻게 하면 좋을까?

생각해 봤자 별로 의미가 없으리라.

도움이 된다면 쓴다. 팔 수 있다면 군자금으로 바꾼다. 어느 쪽이든 불가능하다면 처분한다.

그거면 될 것이다. 아쉬울 것도 없다.

"저기……."

그때 누군가 조심스런 기색으로 말을 걸었다.

"……뭔가, 곤란하신가요?"

돌아보니, 머리를 느슨하게 땋아서 정돈한 길드의 여성 직원이 있었다.

접수원 아가씨다.

"대단한 일은 아니다."

그가 손에 든 반지를 그녀에게 보였다.

"와아."

파직파직 빛나는 불꽃이 들어 있는 그것을 보고 접수원이 무심코 목소리를 흘렸다.

"예쁜 반지네요. 어느 유적이라도 탐색하러 가셨나요?"

"아니."

고블린 슬레이어는 고개를 옆으로 저었다.

"고블린의 둥지에서 찾았다."

"그랬었나요……."

접수원은 뭐라 말하기 어려운 표정을 지었다.

고블린 슬레이어가 의문스러워하자, 그녀는 머리칼을 휘휘 흔들면서 고개를 젓고 생긋 웃었다.

"고블린 슬레이어 씨, 니까요."

"그래."

고블린 슬레이어가 고개를 끄덕였다.

"그래서, 감정할 수 있는 사람을 찾고 있었다."

"찾고……."

접수원은 눈을 크게 깜박였다.

"……있었다?"

"누구에게 부탁하면 좋을지 모르겠다."

그는 반지를 가방에 아무렇게나 넣으며 한숨을 쉬듯 말했다.

"그래서, 처분하려고 결정한 참이다."

쓸 수 없는 것을 가지고 있어도 어쩔 수 없다.

고블린 슬레이어가 중얼거리자 접수원이 또 다시 애매한 표정을 지었다.

그게 무슨 뜻인지 몰라서 고블린 슬레이어는 낮게 신음했다.

"뭔가."

"아뇨, 저기……."

어깨를 흠칫 떤 그녀가 차분함을 잃고서 꼬물꼬물 머리채를 만지작거렸다.

"그렇다면, 제가 한 명 소개…… 할 수 있을지도 모르는데요?"

§

"……어, 머?"

평소처럼 길드로 발을 들인 그 마녀는 긴 속눈썹을 흔들며 눈을 깜빡였다.

접수원 아가씨가 이쪽을 향해 손을 흔들고 있었다. 게다가 그 옆에는…….

"……."

마녀가 호를 그리듯 입술을 풀더니 허리를 흔드는 것처럼 사뿐사뿐 걸었다.

그 육감적인 몸에, 주위의 모험가들이 힐끔힐끔 그녀를 보면서 뭔가 속삭이는 목소리.

그러나 마녀는 챙이 넓은 모자로 눈가를 가리고 그쪽에는 조금도 시선을 보내지 않았다.

직접 찾아와서 말을 걸려고 하지 않는 자의 말에 어느 정도 가치가 있단 말인가?

오히려 주위의 반응을 즐기듯 나아간 그녀는 표정을 무너뜨리지 않고 고개를 살짝 갸웃거렸다.

"무, 슨 일……이야?"

한숨 섞인 허스키한 목소리가 살짝 끊어진다. 숨을 들이쉬고, 풍만한 가슴이 흔들렸다.

그리고 그녀는 목 안쪽에서 키득 웃음을 지으며, 재미있는 장난을 즐기는 어린애처럼 그 이름을 고했다.

"고블린, 슬레이어?"

"부탁이 있다."

그에 비해, 그 지저분한 가죽 갑옷과 싸구려 철 투구의 남자는 대단히 낮고 담담한 목소리로 말했다.

"감정을 할 수 있나?"

"감정……?"

의도를 읽어내지 못하고— 아니, 읽어냈기 때문인지 마녀는 의문스럽게 되물었다.

"저기 말이죠."

곁에서 지켜보던 접수원이 난처한 기색으로 웃으면서 도움을 주었다.

"사실 고블린 슬레이어 씨가 유적에서 반지를 입수했어요."

"아, 아……."
마녀는 괜히 눈웃음을 지으면서 고개를 끄덕였다.
"그래, 서……구나."
"네. 조사해주실 수 있을까, 싶어서……."
접수원의 말에 마녀는 그 하얗고 가는 손가락을 슥 뻗어, 남자를 유혹하는 것처럼 손짓했다.
"보여, 줄래?"
"이거다."
고블린 슬레이어는 별 애착도 없는 기색으로 가방을 뒤져 반지를 꺼냈다.
"헤, 에……."
"와……."
마녀가 무심코「호오」한숨을 내쉬고, 새삼 지긋이 바라본 접수원이 눈을 홉떴다.
금속 고리에서 빛나는 미약한 반짝임. 아까 접수원이 눈치 못 챘을 정도로 사소한 빛.
한눈에 알 수 있는 강력한 마법의 물품이 아니며, 장식품으로서 가치도 그리 높지는 않으리라.
그렇지만 어째선지 마음이 끌리는 그런 빛이 보석 안에서 타오르고 있었다.
마녀는 그 반지를 손에 집더니 창가로 들어오는 햇빛에 비추어 꼼꼼하게 살폈다.
그리고 손가락 끝으로 고리 안쪽을 훑어서 살피고, 돌려보고, 안쪽에 문자가 새겨져 있지 않은가 검사했다.

잠시 지나, 그녀는 천천히 고개를 좌우로 흔들었다.

"미, 안해……."

말과 함께 반지를 내밀었다. 고블린 슬레이어는 그것을 받아서 가방에 밀어 넣었다.

"이, 건…… 조금, 모르, 겠……어."

"그런가."

응답하는 말에 낙담하는 기색은 없었다.

그는 오히려 태연하게 「수고를 끼쳤다」라고 마녀에게 한 마디 할 정도였다.

"그런가요."

오히려 반대로 접수원이 낙담한 기색으로 말했을 정도다.

"유감이네요."

"아니."

그는 고개를 옆으로 저었다.

"그러면, 처분하면 된다."

"그래도 말……야?"

그러나, 마녀의 말은 그걸로 끝이 아니었다.

그녀는 자신의 지팡이에 매달리듯 몸을 지탱하면서 손가락 끝으로 그의 가방을 슥 가리켰다.

"그, 거……. 가지고…… 싶은? 사람, 이라면…… 알고, 있……는데?"

"흠."

고블린 슬레이어는 낮게 소리를 내고 가방에 손을 대었다.

"그러면 건네주지."

"……후, 후. ……욕심, 없……구, 나?"

큭큭. 마녀는 소리 죽여 웃더니, 주문을 노래하는 것처럼 그 인물의 소재를 입에 담았다.

그것은 주소 같은 고상한 것이 아니라, 도시 변두리의 시냇가 옆이라는 애매한 것이었다.

"거, 기……에. 아, 마…… 언제든지, 있지…… 않을, 까?"

"그런가."

고블린 슬레이어가 고개를 끄덕였다.

"도움이 됐다."

"괜, 찮아."

마녀는 천천히 고개를 좌우로 흔들었다.

"좋은, 걸. ……봤으니, 까."

그리고 생각난 것처럼 「사과주(시드르). ……사, 가면, 좋을걸?」이라고 덧붙였다.

"알았다."

고블린 슬레이어는 조금 생각하듯 철 투구를 기울이더니 낮게 응답했다.

"미안하군. 도움이 됐다."

그리고 그는 성큼성큼 걸어가 버렸다.

뒤에 남겨진 접수원은 한순간 멍해졌지만, 금방 「아뇨」라며 웃음을 지었다.

마지막으로 중얼거린 말이 누구를 향한 것인지, 한 박자 뒤에 깨달았기 때문이다.

멀어지는 등에 「아아뇨」라고 말하며 손을 흔들었다. 대답이 없을 것은 알고 있었지만.

“그, 래……서?”

그런 그녀에게, 생긋 웃음을 지은 마녀가 쥐를 가지고 노는 고양이처럼 말을 걸었다.

“네, 네에?”

접수원이 움찔 어깨를 떨면서 응답하자, 점점 웃음이 짙어졌다.

“답례, 말야. ……받아도, 되……겠, 지?”

“저, 저 말인가요?”

뭘까. 접수원이 겁먹은 기색으로 표정이 굳어졌다.

돈일까? 아직 초봉에서 인상이 안 됐으니 가진 게 적었다.

모험에서 편의? 아니 그런 부정은 좋지 않아요…….

“있지. ……창, 특기인…… 모, 험가. ……알, 지……?”

“네?”

난처한 기색이던 접수원은 눈을 크게 깜빡였다.

“아아.”

조금 생각하고서 납득했다. 그 사람은 알고 있다. 신진기예의 모험가다.

그러고 보니 그녀가 접수처에서 응대하기도 했었다.

“지네, 때……랑. 몇 번인가 임시로, 파티 맺고…… 자주 말을…… 걸어주……는, 데.”

사이도 나쁘지 않다. 농담을 주고받기도 한다. 친구라고 해도 좋을 것 같다.

그렇지만. 마녀는 조심스런 작은 목소리로 간신히 알아들을 수 있게 중얼거렸다.

고정으로 파티가 되고 싶은 것이다…….

그렇게 수줍은 기색으로 중얼거린 마녀의 모습은 나이 어린 소녀 같아서, 접수원이 키득 웃었다.

"네, 그러면……. 맡겨주세요!"

§

가보면 알 수 있다고 했는데, 가보니 금방 알 수 있었다.

주점에서 마련한 사과주 병을 한 손에 들고, 사람들이 오고 가는 길을 잠시 걸었다.

평소에는 잠을 자러 목장으로 가는 것과 정반대의 길을 계속 갔더니 도시 변두리에 그것이 있었다.

폐가—라는 것이 올바르지 않을까?

시냇가. 삐걱삐걱 소리를 내며 돌아가는 물레방아와, 굴뚝에서 연기를 뱉어내고 있는 작은 집이다.

오두막이라기에는 구조가 제대로 된 주거를 위한 것이고, 가옥이라고 부르기에는 다소 낡았다.

—역시 폐가가 맞았다.

고블린 슬레이어는 그렇게 결론을 내리며 낡은 문 앞에 섰다.

묘하게도 노커만 놋쇠로 만들어 반짝거리고 있어서 건물에 어울리지 않았다.

—지형 파악은 자주 해둬야 하겠군.

그는 자신이 지금까지 이 도시의 지리를 제대로 파악하지 않은 것을 씁쓸하게 생각했다.

머릿속에 박아두어야 했다. 그는 지금 이 순간까지 이 폐가의 존재를 모르고 있었다.

자신의 실책을 뱃속으로 삼키고, 그는 놋쇠 노커를 사양 않고 두드려 집 안 사람을 불렀다.

"미안하군, 감정을 의뢰하고 싶다만."

반응이 없다.

그는 더욱이 몇 초를 문 앞에서 보냈다.

역시 대답은 없고, 고블린 슬레이어는 우두커니 선 채 낮게 신음했다.

집을 비우진 않았으리라. 마녀의 말이 아니라도 굴뚝의 연기를 보면 명백했다.

없다면 모를까, 있는데 대답이 없어서 다시 찾아오는 건 의미가 없으리라.

그는 다시 한 번 더욱 힘을 담아 노커를 두드렸다.

"미안하다. 감정을 의뢰하고 싶다만."

그러자 안에서 「아아, 열려 있으니까 들어와」라는 소리가 울렸다.

무례한 태도란 의미에서는 그도 비슷한 꼴이다. 응답한 것만 해도 감사해야 할 것이다.

폐가 안은— 일단 어디를 걸어가면 좋을까를 생각해야 했다.

단적으로 표현하자면, 완전히 파묻혀 있다고 해야 할까?

고서가 쌓여 있고, 고물이나 어린애 장난감 같은 것이 놓여 있고, 음식 찌꺼기가 담긴 그릇도 있다.

난로에서 삐걱거리는 금속음과 함께 풀무가 움직이고, 천장에는 세탁물이 매달려 있었다.

그런 방의 가장 안쪽. 간신히 개척된 공간에, 책상에 달라붙어 꿈틀거리는 그림자가 있었다.

주위에 부딪히지 않도록 조심하며 신중하게 다가가자, 그제야 그것이 사람인 것을 알 수 있었다.

낡고 여기저기 기운 곳 투성이인 로브를 머리부터 뒤집어쓴 마술사 같은 인물.

탁상에 무엇인가를 펼쳐놓고, 이것도 아니다 저것도 아니다 하면서 끙끙대고 있었다.

카드다.

색색깔의, 그리고 갖가지 그림이 그려진 카드를 뭉쳤다가 풀고 무너뜨렸다가 쌓았다.

고블린 슬레이어가 등 뒤에 서도 전혀 신경 쓰는 기색이 없었다.

그는 잠시 상태를 살핀 다음, 역시 말이 없기에 조용히 말을 꺼냈다.

"반지 감정을 의뢰하고 싶다."

"어어……? 반지라. 그렇구나. 그렇구나. 반지……."

흥미 없다는 기색으로 응하는 목소리는 생각보다 상당히 젊고 톤이 높았다.

팔꿈치를 괸 채 카드를 다루고 있던 움직임이, 중얼중얼 무언가 중얼거린 다음에 우뚝 멎었다.

"반지?!"

덜커덕 일어서는 바람에, 카드가 마치 눈보라 같은 것처럼 날아오르고 흩어졌다.

동시에 머리를 감싼 후드가 휙 벗겨졌다.

어깨 높이에서 적당히 자른— 빛 바랜 금색이 흘러내렸다.

"이럴 수가! 설마 《등불(스파크)》를 손에 넣은 겐가?!"

**그녀**는 지저분한 가죽 갑옷의 가슴팍에 뛰어들 것처럼 몸을 내밀었다.

—여자였군.

고블린 슬레이어는 투구 안쪽에서 눈을 깜빡였다.

빗질을 안 하는 건지 해봐야 소용이 없는 건지, 여기저기 삐친 머리칼.

그녀가 그것을 마구잡이로 헤집자, 기묘한 냄새가 불쾌하지 않을 정도로 물씬 풍겼다.

가까이 다가온 눈동자는 녹색일까? 안경에 가려져 신비롭게도 흐릿한 색을 띠고 있었다.

무슨 짐승의 것인지 알 수 없는 붉은 실의 상의는 그녀의 무릎 정도까지 자락이 길었다.

그는 그것이 어떤 물건인지, 그냥 크기를 신경 안 쓰고 입은 건지 판별이 되지 않았다.

그것을 외투가 달린 로브로 쏙 가리면, 과연 성별 불명의 마술사가 되는 것이다.

"아니, 기다려. 섣불리 판단해선 안 되지! 우선 그 반지를 보여주게나!"

여마술사가 혼자서 소란을 떨더니, 영문을 알 수 없는 그를 내버려둔 채 삭 몸을 물렸다.

"……."

뭐라고 말해야 할지 몰랐지만, 애당초 처음부터 감정을 위해서 찾아왔다.

고블린 슬레이어가 가방에서 꺼낸 반지는 역시 어슴푸레함 속에서 흐릿하게 빛나고 있었다.

낮인데도 방이 어두운 것은 창문을 막을 정도로 책이 쌓여 있기 때문이리라.

피어오르는 먼지가 하얗게 반짝이고, 반딧불이라도 되는 것 마냥 방 안을 두둥실 떠다니는 것이 잘 보였다.

"이거다."

"하하아……! 과연, 과연……. 어디, 좀 보지."

인사도 대충 넘기고, 어린애처럼 「얼른, 얼른」이라고 보챈 그녀는 반지를 살며시 집었다.

꼼꼼하게, 그녀는 눈을 크게 뜨고서 반지의 빛으로 얼굴을 접근시켰다.

그것은 빛이 무엇인지 알 수 없다는 표정이고, 태어나서 처음으로 무지개를 본 어린애 같기도 했다.

이윽고 그녀는 입맞춤을 나누는 것처럼 입술을 움직여 한 마디 두 마디 무언가를 중얼거렸다.

그러자 그 하얀 손바닥에서 반지의 빛이 기묘한 인광을 뿜으며 더욱 밝게 빛나지 않는가?

타닥타닥. 불똥이 터지는 것처럼 빛이 하늘로 날아가, 별처럼 반짝이고 사라졌다.

그야말로《등불》.

그것은 얼마 안 가서 서서히 잦아들더니 다시 반지의 보옥 속으로 가라앉았다.

모든 것을 지켜본 그녀는 눈가를 몇 번이고 비비면서 응, 응, 몇 번 고개를 끄덕인 뒤에 조용히 중얼거렸다.

"……이걸 어디서?"

"고블린의 둥지다."

"고블린? ―고블린이라고?!"

"그렇다."

고블린 슬레이어는 고개를 끄덕였다.

"고블린이 먹고 자는, 쓰레기장 안이다."

"하…… 하하, 하하하하하하하하하하하하하하핫!!"

그녀가 갑자기 파안했다. 뿐만 아니라, 무릎을 탁 치더니 소리를 내며 웃기 시작했다.

아니, 폭소했다― 라고 하는 편이 더 좋다. 배를 붙잡고서 깔깔 웃더니, 종국에는 책상을 손으로 두드렸다.

"이야, 하하하앗! 그렇군, 그렇군, 그건 맹점이었어!"

"……."

"예부터 글러먹은 물건이라 하면, 동굴에 있는 마력의 반지로 정해져 있는 것인데!"

그건 그렇다. 고블린 슬레이어는 고개를 끄덕였다. 스승도 그런 말을 했던 기억이 있다.

"어이쿠."

흔들린 책상에서 고물이 무너질 것 같자 그녀는 손으로 그것을 눌렀다.

고블린 슬레이어는 잠시 기다려도 바라는 대답이 안 돌아오기에 스스로 물었다.

"그래서, 그건 어떤 효과를 가진 반지지?"

"수많은 사람에게는 대단치 않아."

여자가 말하더니, 자신의 의자에 성대하게 기대어 앉아 뽐내듯 다리를 고쳐 꼬았다.

틀어박혀 있는 일이 많을 텐데도 탄력이 있는 늘씬한 다리라는 걸 알 수 있었다.

"그러나, 나에게는 가치가 있는 물건이지."

"나에게는, 어떻지."

"그렇군. 고작해야 《호흡》의 반지로군. 어디서든지 숨을 쉴 수 있다. 문자 그대로, 어디서든."

"흠."

"어떤가?"

여자는 입술 끝을 쓱 끌어올리고, 거미가 실을 자아내는 것처럼 웃음을 지었다.

"이봐, 이걸 꼭 나한테 팔아줄 수 없을까?"

그리고 또 다시, 고블린 슬레이어의 투구에 입술이 닿을 것처럼 몸을 내밀었다.

"돈은 얼마든지 내겠어. 아니지—."

그녀는 벙긋이 웃었다.

"뭐든지, 해줄 수도 있는데?"

기묘한 향이 떠돌았다. 술은 아니다. 약초의 냄새일 거라고 그는 짐작했다.

고블린 슬레이어는 낮게 신음했다.

"돈이 아니라도 되나?"

"물론."

"그런가."

여지는 다 안다는 기색으로 고개를 끄덕였다. 고블린 슬레이어는 망설이지 않고 말했다.

"고블린을 죽이는데 도움이 되는 걸 받고 싶다."

"—뭐……?"

여자는 한순간 갸우뚱거린 다음, 참을 수 없다는 듯 터져서 또 웃기 시작했다.

"히, 크, ……크큭, 후, 하……하! 고, 고블린?! 고블린이라!!"

반지가 어디 있었는지 들었을 때보다도 커다란 목소리를 내자, 책상 위의 물건들이 성대하게 무너졌다.

히이이이 비명을 지르면서 몸을 비틀고, 그녀는 눈꼬리에 눈물을 맺으면서 의자에서 미끄러져 떨어졌다.

"하, 히, 히힉…… 후, 크크크큭…… 이, 이게 무슨— 무슨……."

풍만한 가슴을 커다랗게 흔들며 신음하는 것처럼 숨을 이어가는 그녀.

고블린 슬레이어는 그녀가 진정할 때까지 기다렸다가, 생각난 것처럼 덧붙였다.

"사과주도 건네두지."

"조, 좀…… 좀 작작해라……!"

책상을 쿵쿵 때리자 기어이 책상 위의 산이 무너져서 우수수수 떨어져 내렸다.

뭉게뭉게 피어 오른 먼지 속, 바닥 위를 데굴데굴 구르는 여자.

그것이 고블린 슬레이어와 고전(孤電, 아크 메이지)의 술사의 첫 만남이었다.

# 「지도가 완성되지 않았으니 돌아갈 수 없다는 이야기」

Goblin Slayer
YEAR ONE
The Dice is Cast.

"이이야아아아아아아아아아아앗!!"

새된 여자의 외침이 폐광에 메아리치고, 근육을 때리는 소리와 탁한 비명이 울려 퍼졌다.

드높이 치켜든 소녀의 발끝이 훌륭하게 고블린의 턱뼈를 차서 부순 것이다.

풀썩 소리를 내면서 무너져 내리는 고블린은 피거품을 뿜었다. 틀림없이 치명적(크리티컬)이다.

고블린이라면 당연한 거다. 거창한 무기나 기술이 없어도 죽일 수 있다.

"폐광에 어째서 고블린이 있는 걸까요?"

에잇에잇. 치켜든 발을 그대로 공중에서 흔드는 무투가 소녀에게 젊은 전사는 표정을 찌푸렸다.

"……동쪽에서 전투가 있었다고 하니까. 그쪽에서 흘러들어 왔을지도 모르지."

"네? 중앙을 통해서요? 무리가 있지 않아요?"

"지하는 어디든지 이어져 있는 법이야."

젊은 전사가 씁쓸한 추억을 떨치는 것처럼 말하더니, 뽑지 않고 넘어간 검에서 손을 놓았다.

과연—. 감탄하는 소녀 한 사람에게 맡기고 싶은 건 아니지만 어쩔 수 없었다.

최전선에서 대열 전체를 둘러보기는 어렵다. 그러나, 두 번째나 세 번째 위치에서 무기는 닿지 않는다.

—차라리 나도 그 녀석처럼 창이라도 휘두를까……?

젊은 전사는 그런 생각을 하며 등 뒤의 남자를 돌아보았다.

"선생님, 어때?"

"어디보자……."

선생님이라고 부르자 응답한 것은 어조에 비해서 묘하게 거친 목소리였다.

낡은 후드를 튕겨 올리자 그 아래서 늑대 같은 개의 얼굴이 나타났다.

수인(패트풋) 마술사. 연령을 보니 강사를 그만두고 염원하던 모험가가 된, 중년의 남자가 턱을 열었다.

"이토록 분진이 많아서야 냄새를 맡기도 어렵습니다. 길도 복잡하고, 지도 그리기도 어렵군요."

"대강이면 돼. 딱히 정확한 도면이 필요한 게 아니니까."

그래요, 그래요. 온화한 기색으로 수긍한 수인 마술사는 양피지에 백묵을 그었다.

—선생님한테 지도(맵퍼) 담당을 맡기길 잘했군.

그 차분한 모습을 보고, 젊은 전사는 정말 잘했다고 생각했다.

이번 의뢰의 수입에 직결되기도 하고, 무엇보다도 냉정침착하다는 점이 좋다.

당황해서 주문을 쏴대는 마술사보다 훨씬 신뢰할 수 있다. 그런 점도—.

"—? 무슨 일인가요?"

머리칼을 늘어뜨리고 고개를 갸웃거리는, 아무것도 모르겠다는 기색의 그녀는 그나마 낫다. 문제는 다른 두 명이다.

"어어이, 이 안에 아직 길이 이어지고 있던데."

"이 계집애가 성큼성큼 앞으로 가지 않도록 신경 쓰느라 고생했다."

어둠 속에서 훌쩍 나타난 것은 아직 수염도 안 난 드워프 아가씨와 엘프(숲 종족) 청년이었다.

그렇지만 겉보기에 연령을 알 수 있는 종족도 아니었다.

한쪽은 척후를 지향하여 수행중인 드워프, 또 한 명은 지모신의 신앙에 눈을 뜬 엘프.

젊은 전사 청년이 아는 것은 그것뿐이고, 지금은 그거면 충분했다.

"뭣이야?! 그쪽은 금방 돌아가자돌아가자 겁먹고 떨기만 했잖아!"

"신중하다고 말해줘. 드워프하고는 시야가 다르단 말이다, 우리는."

밤눈이 밝은 둘이라 정찰을 보냈더니 금세 이런다. 전사는 얼굴을 감쌌다.

—그 녀석들은 사이가 좋았었구나.

과거의 — 헤어졌다고 생각지는 않았지만 — 동료들을 떠올렸다.

중재자 역할을 해준 승려에게 고생을 끼쳤다. 언젠가 사과해야지.

"두 사람은 정말 사이가 좋네요."

생글생글 웃는 무투가에게도, 안절부절못하는 선생님에게도 중재는 기대할 수가 없었다.

"있잖아."

전사는 차분한 어조를 유지하면서 둘에게 말을 걸었다.

"앞을 좀 보고 와달라고 했지만, 돌진하라고는 안 했잖아."

"음……."

드워프 소녀가 부루퉁해져서 신음하고, 엘프 사제가 그것 보라면서 눈웃음을 지었다.

"그리고 정찰을 하라고 한 이상, 괜히 싸움을 걸어서 소란 피우지 말아줘."

"……후."

엘프 사제가 얼버무리듯 미소를 짓자 드워프 소녀가 눈을 게슴츠레 뜨고 그것을 노려보았다.

"거봐. 나까지 혼났잖아."

"무슨 말인가? 네 탓이다."

"도박에 빠져서 빈털터리가 된 걸 여사제님 적선을 받아서 종교에 넘어간 주제에."

"후음?!"

이것 또한 회심의 일격(크리티컬 히트)이라고 해야 할까?

드워프의 군대에서 자랐다는 그녀는 말을 잘해서, 지혜가 뒤떨어져도 경험으로는 엘프를 넘어서는 것이다.

깔깔 웃는 드워프 옆에서 엘프가 입을 다무는 건 그렇다 치고, 전사는 다시 앞을 보았다.

"어쨌든지 대열을 정돈하고 안으로 가자. 고블린이 나온 것도 보고를 해야겠지만……."

"지도, 아직 완성 못했으니까요."

"그래."

은발의 무투가에게 고개를 끄덕이고, 어둠 안쪽으로 한 걸음 나아간다. 그런데—.

"……안 좋군요, 이건. 불길한 냄새가 납니다."

문득 **선생님**이 낮게 신음했다. 젊은 전사는 재빨리 검을 뽑았다.

"말썽쟁이 둘은 물러나서 선생님을 부탁해. 나랑 그녀가 앞으로 나선다. 선생님, 주문 준비를."

"어, 에?"

"누구랑 누가 말썽쟁이야……!"

당황하는 무투가와 항의하는 엘프를 내버려두고, 전사는 눈에 힘을 주며 어둠 안쪽으로 귀를 기울였다.

일단 그가 지각할 수 있는 것은 무수한 발소리. 이어서 부패한 냄새. 그리고 어둠 속에서 빛나는 탁한 눈.

—투구는 어쩌지?

적의 수가 많다. 난전이 됐을 때 사령탑이 주위를 보지 못하면 안 좋을, 까?

등에 매단 투구를 한순간 생각하고, 그는 전과는 다른 이유로 장착을 포기했다.

"머리띠 보호대라도 사둬야겠군……."

"고블린이랑…… 뭔가 커다란 게 와요!"

우글우글 어둠 속에서 솟아오르듯 나타난 녹색 피부(그린 스킨) 놈들.

"GOORRBGG……."

"GOROB! GGBBRROG!"

넷, 아니 다섯 마리. 손마다 조잡한 무기를 들었다. 그건 좋다. 좋진 않지만 좋다.

"GBRRRRR!"

그리고 그 무리를 이끄는 것처럼, 불쑥 갱도 천장 가까이에 닿을 정도로 우뚝 선 거체.

손에 든 곤봉을 의미도 없이 휘두르면서 위협하는 모습.

젊은 전사는 알고 있었다. 본 적은 없다. 그러나 예전 파티에서 이야기는 들었다.

"—홉이다!"

"오랜 말로 거대하다는 뜻입니다."

개 얼굴의 마술사가 느긋하게 말하지만, 과연 이미 양손으로 인을 맺고 있었다.

"독의 냄새가 나는데."

엘프 승려가 우아하게 말했다.

"내 역할은 해독인가 보군."

"다른 기적은 받은 게 없잖아."

"흣, 지금은 말할 때가 아니다."

"어떨려는지."

드워프 소녀가 밉살맞게 말하면서 도끼칼 같은 단검을 역수로 뽑았다.

술자 두 명을 지키는 것이 자기 일이라는 걸 알고 있는 것이다. 젊은 전사는 고개를 끄덕였다.

"갑옷이 두꺼운 내가 고블린 놈들을 맡을게. 독 칼날도 닿기 어려울 거야. 그러니까 너는—."

"큰 녀석이군요, 맡겨 주세요!"

쾌활하게 외친 그녀가 땅을 차고서 적진으로 뛰어든 것이 전투의 계기가 되었다.

"GRRORB!"

"GBR!!"

몰려드는 고블린. 젊은 전사는 벽 뚫기를 — 싫은 기억이다 — 생각하여 좌우에 눈길을 주면서 앞으로.

좁은 곳에서 양손검을 붕붕 휘둘러봐야 좋을 일이 없지만…….

"으랏, 차!"

그는 통로의 아슬아슬한 간격에 맞춰 검을 옆으로 휘둘렀다. 날끝이 벽면을 스치고 소리를 낸다.

"GOOBR?!"

동시에, 질척거리며 빛나는 단검이 칼날에 튕겨나가자 고블린이 당황했다.

—역시나, 독 단검이군.

그러나 이거면 된다. 전사는 전투의 긴장감에 메마른 입술을 핥고 검을 다시 겨누었다.

끌어들이고(프로복), 공격을 쳐내고(패링), 간격에 들어오면 기회 공격(AoO).

그의 역할은 방벽(탱커)이다.

공격의 요체는 적진을 빠져나가 화살처럼 돌진하는 소녀였다.

"GGGBBORG!!"

물론 도수공권의 아가씨 혼자 뛰어들었다고 당황할 괴물 놈들이 아니다.

거칠게 콧김을 뿜고는 좁은 천장을 스치며 휘두른 곤봉이 죽음에 이를만한 힘을 머금고 내려온다.

“얍!”

무투가가 잰 걸음으로 곤봉의 궤도에서 반신을 피해낸다. 머리칼이 풍압을 받아서 둥실 나부꼈다.

“이이야아앗!!”

그리고 허리를 깊숙하게 낮추고서 똑바로 주먹을 내지른 순간 두웅, 종을 때리는 것처럼 소리가 울렸다.

“GOOB?!”

홉고블린의 추악하게 부풀어오른 배가 파도 치는 것처럼 파문을 만들고, 거구가 몇 걸음 비틀거렸다.

그러나, 그뿐이다. 덩치가 커다란 고블린은 신기하단 기색으로 배를 보더니 징그럽게 벙긋 웃었다.

“GGGGGG……!”

“우와, 이거 뭔데요! 물렁거려요?!”

두꺼운 지방이 장갑이 되어 타격에 이르지 못한 결과에 소녀가 당혹했다.

“당황하지마, 거듭해서 쳐!”

“GOOROGB?!”

전사는 대각선으로 겨눈 검으로 고블린의 공격을 바깥으로 흘리고, 즉시 반격해서 우선 한 마리.

탁한 비명을 지르는 고블린의 시체를 걷어차면서 외치자 「네!」 대답이 들렸다.

"엿, 차……!"

그렇게 기회공격으로 만들어진 틈을 메우는 것처럼 전사의 뒤에서 투척화살(다트)이 날아왔다.

"GBRO?!"

손에 깊숙하게 박힌 그것에 고블린이 비명을 지르고, 전사는 자세를 고칠 시간을 얻었다.

"후후후, 기계장치식 활이란 것도 재미있군."

엘프 승려가 스프링 장치가 들어간 투사기(다트 건)를 손에 들고 있었다.

옆에서 단검을 들고 있던 드워프 소녀가 기가 막힌단 목소리를 흘렸다.

"……너 지모신님의 교의는 어쩌고?"

"실례로군. 이건 자기 방어를 위한, 필요최소한의 무장에 지나지 않아."

그런 걸 사니까 돈이 부족한 거다. 전사는 쓴웃음을 짓고 고블린을 베었다.

"GOOBORG?!"

이걸로 두 마리. 저런 장난감은 장전에 시간이 걸리는 법이다. 너무 의지하면 안 좋다.

엘프 승려가 안심하고 사격할 수 있는 것은 드워프 척후가 곁에서 지켜주고 있기 때문이다.

후위 세 명을 지키는 것이 자신의 일. 젊은 전사는 그것을 잘 파악하고 있었다.

그리고 전선으로 눈길을 돌리자 무투가 소녀와 홉고블린의 싸움은 아직도 이어지고 있었다.

"타, 앗!!"

"GOOOG! GOROBG!!"

그러나, 이런 일은 종종 일어나는 법이다.

기세를 붙여 휘두른 소녀의 발이 간격을 잘못 쟀는지 홉고블린의 손바닥에 막혔다.

"윽?! 아?!"

"GOROGB! GOOOGBGR!!"

홉고블린의 얼굴이 추악하게 일그러지고, 한순간 무투가의 얼굴에 공포의 색이 떠올랐다.

움켜쥐어서 부서지거나, 그대로 휘둘러진다. 고블린 놈들의 잔학성은 어린애의 그것과 다름없다.

"선생님!"

"《아르마(무기)…… 후기오(도망)…… 아미티무스(상실)》!"

나중에 생각해보니 냉정침착한 수인에게 최후미를 맡긴 것은 스스로 생각해도 훌륭한 판단이었다.

노마술사는 지시를 내릴 것도 없이 이미 침착하게 적절한 주문을 자아낸 것이다.

진정으로 힘 있는 말이 포효와 함께 해방되어 홉고블린을 덮쳤다.

"……?!"

"……윽!"

그것—《아퀴드(빈손)》는 우선 곤봉이 오른손에서 주르륵 빠져나가는 형태로 나타났다.

이어서 무투가의 눈이 빛났다. 괴물의 손 안에서 그녀의 다리가 빙글 돌았다.

"이이이이이, 야아아아아앗!!"

괴조음과 함께 상대의 손을 받침대 삼아서 공중 차기를 뿌렸다.

팽이처럼 회전하면서 뿌린 차기가 홉고블린의 안면에 때려 박혔다.

"GBORG?!"

비명은 뼈가 부서지는 소리에 섞여 사라졌다.

코가 뭉개진 홉고블린이 얼굴에서 피를 뿜으면서 그대로 소리도 없이 무너져 내린 것이다.

부서진 뼈가 뇌에 박힌 것이군요. 나중에 선생님이 말했다.

다시 말해서, 치명타(크리티컬 히트).

"영, 차, 차……. 위, 위험했어요……!"

훌쩍 내려서진 못하고 비틀비틀 착지한 무투가 소녀가 풍만한 가슴을 쓸어내렸다.

"좋아."

젊은 전사는 커다랗게 숨을 내쉬고 눈앞의 고블린을 새삼 보았다.

"GOBORG?!"

"GRG?! GOOBG?!"

대장을 잃은 지금, 남은 고블린은 불과 세 마리.

이미 특필할 것도 없이 괴물 놈들은 한 줄도 걸리지 않고 몰살당했다.

—그러면.

싸움이 끝나면 다음은 전리품을 챙기는 시간이 기다린다.

"어디 보자. 뭐 고블린 따위 소지품이 대단한 건 없겠지만……."

기꺼운 기색으로 시체에 손을 뻗는 건 당연히 드워프 척후였다.

굵직한 손가락이 어찌 저렇게 재주 좋게 움직이는지, 젊은 전사는 참으로 신기한 기분이 들었다.

어쨌거나 그가 신경 쓸 것은 그밖에 있다.

그는 짐을 뒤져 물주머니를 꺼내더니 수인 마술사에게 눈짓을 했다.

"네, 가세요. 상관없습니다. 둘은 제가 챙기죠."

"고마워."

그리고 청년은 갱도 안쪽에 주저앉은 소녀에게 갔다.

다가가자 쾌활한 표정으로 올려다보지만 표정은 굳어 있어서 무척 어색했다.

"……자."

그러나 그는 그것을 지적하지 않고 옆에 앉아 물주머니를 내밀었다.

"……잘 먹겠습니다."

무투가 소녀는 그것을 받으려 했지만 뻗은 양팔이 부들부들 떨리고 있었다.

긴장일까? 공포일까?

"와, 와아아……. 모험이라는 거…… 그게, 생각보다……."

"무섭지?"

"……죽는 줄 알았어요."

조용히 중얼거린 소녀는 꿀꺽, 꿀꺽. 간신히 두 모금 물을 마시고

물주머니 마개를 닫았다.

젊은 전사는 「그렇지」라며 고개를 끄덕이고, 돌려받은 물주머니를 손으로 만지작거렸다.

"나도 무서웠어. 하지만, 그래. 안 무서운 것보다는 좋은 거야."

"……그런가요?"

"무섭다고 생각하지 않으면, 아마 그대로 죽어버릴걸."

뭐, 생각을 해도 죽을 때는 죽지만.

그렇게 덧붙이자 그녀는 「그게 뭐예요」라면서 억지로나마 웃음을 지었다.

"하지만 고블린 상대로 무서웠다니, 자랑도 못 하겠어요……."

하지만 그 목소리는 표정과 달리, 어쩐지 풀이 죽고 한심스러웠다.

"……이름을 날리고 온다면서, 아빠랑 엄마한테 말하고 왔는데."

"록 이터(암식괴충) 상대로 겁먹었다면 자랑할 수 있을까?"

"록 이터요?"

고개를 갸웃거리며 은발을 늘어뜨리는 소녀에게 그는 아니라면서 쓴웃음을 짓고 고개를 저었다.

모든 것이 달랐다. 그녀하고도, 예전 동료들하고도.

"뭐, 처음부터 뭐든지 잘 되진 않는다는 거야. 살아 있으면 다음이 있어."

"……네."

그렇기에 그 말이 위로가 될지 어떨지, 그는 잘 알 수 없었다.

오히려 그것은 누군가 그에게 해줬으면 하는 말일지도 몰랐다.

소녀가 끄덕, 작지만 분명하게 고개를 끄덕이자 어째선지 조금 기뻤다.

“오, 이 홉고블린 편지 가지고 있어! 못 읽지만!”

“하하하, 드워프는 이렇다니까……. 어디 볼까? ……훗, 역시나. 그렇게 된 거군.”

“너 그거 분명히 못 읽은 거지?!”

홉고블린 주위에서는 드워프와 엘프 두 사람이 왁자지껄 소리를 지르며 떠들고 있었다.

노마술사가 쓴웃음을 지으며 끼어들더니, 지저분한 종이조각을 집어「아아」하고 고개를 끄덕였다.

“이건 문자라기보단 그림문자군요. 아마도『지시를 기다려라』라는 뜻이겠죠.”

“그림 문자라니…… 고블린이 글자를 읽을 수 있어?”

“읽지 못한다는 법은 없죠. 이 양식이면, 요술사(妖術師)(워록)가 썼을까요……?”

그런 별 것 아닌 대화. 광산의 규모로 생각해 보면 이제 슬슬 마지막이리라.

멍하니 그것을 바라보던 젊은 전사는 문득 생각난 것처럼 조용히 말했다.

“……저기, 너, 읽고 쓰기는 할 줄 알아?”

“이야아, 전혀, 요만큼도!”

어째선지 재면서, 옆에 선 소녀가 풍만한 가슴을 내밀며 단언했다. 젊은 전사는 웃었다.

“그러면 다음에, 배우자. ……같이.”

"네!"

—아직 조금 더, 노력해볼게.

그 탁발의 승려가 도시에 돌아오면 그렇게 말하고 술이라도 마시자.

그렇게 정하고, 젊은 전사는 천천히 일어섰다.

# 제3장 『고전(孤電)의 술사』

Goblin Slayer YEAR ONE The Dice is Cast.

"응……우……우?"

소치기 소녀는 미약한 소리와 무언가 움직이는 기척을 느끼고 멍하니 눈을 떴다.

몸이 굳어진 것치고는 열이 있고, 목이 따끔거리며 머리가 아팠다.

―잠들었어?

테이블 위에서― 몸을 일으키고자 했는데 모포가 풀썩 떨어졌다. 백부가 덮어준 걸까?

바깥은 완전히 밝아졌고, 공기는 부르르 떨릴 정도로 차가웠다.

소치기 소녀는 눈을 비비면서 새벽의 하얀 빛이 뽀얗게 들어오는 실내를 보았다.

"―힉?!"

흠칫 몸을 움츠린 것은 그 안에서 움직이는 그림자를 보았기 때문이다.

힉. 굳어진 소리가 목 안쪽에서 흘러나오고, 금방 그 정체를 짐작해서 맥이 빠졌다.

"뭐야, 너였구나……."

"깨어났나."

그는 탁상에 잘그락 소리를 내는 무슨 가죽 주머니를 놓고 있었다.

어둠 속에 어렴풋이 떠오른, 검붉고 지저분한 갑옷과 투구. 심장에 안 좋다.

그녀는 쿵쾅쿵쾅 소리를 내면서 뛰는 가슴을 누르고 안도의 숨을 쉬었다.

"……있지. 집에 돌아왔으면, 그건 벗는 게 어때?"

소치기 소녀는 당황스럽고 난처한 어조로 말해보았다.

"방심할 수 없다."

그가 짧게 중얼거렸지만, 소치기 소녀는 의미를 알기 어려웠다.

알지 못하는 나름대로 그녀는 일어서려고 엉덩이를 들었다.

"아, 그렇지. 식사—."

"됐다."

만들어 놨는데, 라고 말하는 것보다 빠르게 그의 짧은 대답. 소치기 소녀는 말이 안 나왔다.

"금방 나간다."

그는 말을 이었다.

"고블린 퇴치다."

"아, 하지만……."

소치기 소녀는 당황하며 시선을 흔들었다.

익숙한 평소와 같은 식당. 그 안에 사람 모양으로 오려 붙인 듯한 그가 있었다.

꿀꺽 침을 삼켰다. 미약하게 목소리가 떨렸다.

"……지금, 돌아온 참…… 이잖아."

"오늘은 다른 용건을 정리했다."

그는 대단히 낮게, 담담한 목소리로 말했다.

그건 딱히— 아마도 그녀에게만 그런 게 아니라 누구에게든 그러는 거겠지만.

어째선지 소치기 소녀에게는 어두운 밤의 초원을 지나는 바람처럼 들렸다.

"일은 이제부터 간다."

그는 성큼성큼 소치기 소녀 옆을 지나서 현관문에 손을 댔다.

"아, 하지만, 방, 청소도 했고— 저기, 시트 같은 것도 빨아서……."

"그런가."

그리고, 그는 아무 말이 없었다. 문을 열고, 닫고 실내에는 그녀 혼자.

자는 편이 좋다거나 먹는 편이 좋다거나, 말을 꺼내지도 못했다.

하우. 한숨을 쉬고 오도카니 다시 의자에 앉았다. 무심코 앞으로 기울어 엎드렸다.

"……잘, 모르겠어어."

힘내자! 라고 정했다. 이제 우물쭈물 대지 않기로 했다. 그러면 뭘 하면 될까?

소치기 소녀는 그것을 도무지 알 수가 없어서 아직 자신의 온기가 남은 테이블에 이마를 대었다.

—재는 정말로, 맨날 나간단 말이지.

밖에서 일을 하니까 당연할지도 모르지만, 집에 있는 것보다 밖에 있는 시간이 더 긴 것 같았다.

그런 법, 일까?

그녀는 멍하니 생각했지만 역시 잘 알 수 없었다.

5년 전까지, 아빠 엄마는 계속 집에 있어 주었다. 5년 전부터는, 백부가 계속 있어주었다.

상인의 부모를 가진 아이는 어땠을까 생각해봤지만 이름은커녕 얼굴도 기억이 안 나는 걸 깨달았다.

"하아……."

소치기 소녀는 한껏 한숨을 쉬었다. 그때 삐걱대며 바닥이 울리는 소리.

"뭐냐? 아침부터 한숨이나 쉬고."

"삼촌……."

스스로도 한심한 목소리라고 생각하면서, 소치기 소녀는 몸을 일으키고「안녕?」하고 인사했다.

방금 깨어난 백부는 굳어진 몸을 우득우득 풀며 정말이지, 하며 못마땅한 표정을 지었다.

"거기서 자면 감기 걸린다."

"응. 알고는 있는데……."

—그를 기다렸단 말이지.

라고 말하지 않고 소치기 소녀는 천천히 일어섰다.

"아침 식사, 준비할게. ……어제 만든 수프를 데우는 것뿐이지만."

"그래, 부탁한다."

백부가 식당 의자에 앉은 것과 교대하듯 소치기 소녀는 부엌에 섰다.

앞치마를 두르면서 훌쩍 쪼그려 앉아서 부뚜막 안을 들여다보았다.

작은 도자기 뚜껑이 있는 것 말고는 완전히 식어서 차가운 재만 있었다.

소치기 소녀는 우선 그 차가운 재를 긁어내, 흘리지 않도록 항아리에 넣는 것부터 시작했다.

재는 냄비를 닦거나 세탁을 하는데 중요하다. 흘리면 아깝다.

부뚜막 안이 깨끗해지자, 대신 장작과 불쏘시개 지푸라기를 교대로 쌓았다.

다음은 덮어둔 도자기 뚜껑을 열어서 어젯밤의 남은 불씨에 풀무로 바람을 보내면 된다.

다행히 불씨가 타올라 부뚜막에 불이 붙었다.

"됐다."

소치기 소녀는 손에 묻은 재를 가볍게 두드려 떨쳐내고 일어섰다.

"……응?"

그러는 동안 백부가 탁상의 가죽 주머니를 발견했다.

의문스런 소리가 들리기에 소치기 소녀는 부엌에서 얼굴만 내밀었다.

"아, 걔가 두고 갔나봐."

"뭐냐? 돌아왔니?"

"금세 다시 나가버렸지만."

에헤헤. 쑥스럽게 웃고— 아니, 쓴웃음이다. 소치기 소녀는 어쩐지 어색해서 작업으로 돌아갔다.

냄비를 덜커덕 올리고 덤으로 꼬치에 빵을 끼워 굽기로 했다.

"……숙박비로군."

잘그락하는 금속음. 백부가 주머니를 열고 안에서 돈을 꺼낸 모양이다.

흘끔 보니 동화나 은화들뿐이지만 상당한 양이 들어 있었다.

"와."

소치기 소녀가 소리를 흘리자 백부가 힐끔 이쪽을 보고 한숨을 쉬었다.

"제대로 잠도 안자는 주제에, 고지식한 녀석이군."

"역시, 바쁜 걸까?"

냄비 안을 의미도 없이 — 아니, 의미는 있지만 — 휘저으며 소치기 소녀가 물었다.

"모험가는…… 그다지, 그런 이미지 없었는데."

"글쎄다. 나도 모험가하고는 그리 친하지가 않으니."

"그렇구나."

그러면, 앞으로 친해지면 알 수 있을까?

모험가가 어떤 생활을 하는지, 어떻게 하면 도울 수 있는지…….

불이 어떤지 보려고 쪼그린 소치기 소녀의 귀에 「어쩌면……」 하는 백부의 말이 들렸다.

"애인이라도 생긴 걸지도 모르지."

"——!"

소치기 소녀는 스스로도 이유를 모르는 충동을 느끼고 벌떡 일어섰다.

놀란 기색으로 이쪽을 보는 백부와 눈이 마주쳤다.

"왜, 왜 그러니……?"

"아, 아니, 아무것도……."

아니 그래도, 설마. 빙글빙글. 머릿속이 어쩐지 소용돌이쳤다.

“하, 하지만, 애인……은, 없지…… 않을, 까아?”

어째서일까? 목소리가 갈라진다.

“그럴 수도 있지.”

백부는 이어서 말했다.

“그런 것치고 외모를 신경 쓰지 않으니 말이다.”

“그, 그렇지!”

소치기 소녀는 안심하여 숨을 내쉬—.

“그래도 뭐, 그 나이 남자다. 돈도 벌고 있으니. 그렇다면 창부한테 들이붓는 일도—.”

이어지는 말에 가슴 속 깊은 곳에 응어리진 무언가가 그대로, 얼굴이 새빨개져서 입으로 솟아나왔다.

“삼촌, 정말 싫어!!”

그리고 그 기세 그대로, 그녀는 앞치마를 낚아채어 던지더니 집 밖으로 달려가 버렸다.

백부는 그녀가 던진 앞치마를 손에 들고 난처한 표정으로 남겨져 있었다.

넋이 나간 기색의 그는 자기 손에 남은 앞치마와 커다랗게 열린 문을 보면서 우두커니 앉았다.

“…….”

하릴없이 앞치마를 만지작거리면서, 백부는 천장을 올려다보고 참으로 한심스런 기색으로 중얼거렸다.

“……알 수 없군.”

정말로 알 수가 없다. 나이 찬 여자애라는 것은— 그렇군, 저 애도 나이가 찼군.

"……창부 같은 것은 꺼낼만한 화제가 아니었구나."

그는 의자와 몸을 삐걱거리며 일어서서 조카가 방치한 부엌으로 갔다.

불을 확인하고, 조카가 아까 전까지 휘젓던 냄비를 새삼 들여다보았다. 어제 만든 것이다.

"그러나……."

알 수 없는 것은 그 젊은이도 그랬다.

모르는 사이는 아니다. 어렸을 적 모습은 어렴풋하게나마 기억하고 있었다.

그런 그가 살아 있는 것. 모험가가 된 것. 조카가 신경 쓰는 것은, 뭐 좋다.

문제는—.

"……고블린 슬레이어, 라."

고블린을 죽이는 자. 소귀 살해자.

남들이 부르고, 이제는 스스로도 그렇게 이름을 밝힌다고 들었다.

모험가가 이름을 팔기 위해 그런 화려한 별명을 자칭하는 일이 많은 것은 알고 있지만…….

"—뭔가, 그 애한테 묘한 일이 일어나지 않으면 좋으련만……."

무심코 살며시 중얼거리고, 백부는 마치 딸이 이상한 놈팡이한테 속아 넘어간 아버지 같다고 생각하며 표정을 찌푸렸다.

그것은 여동생 부부에게 너무나도 미안한 생각이라고, 그는 생각한 것이다.

§

고블린 슬레이어는 길드 안의 주점에서 사과주를 마련해서 아침 해가 비추는 길을 서둘렀다.

『오늘은 시간이 늦었어.』

고전의 술사가 말했다.

『내일 아침에 다시 찾아오게나』라고.

고블린 슬레이어는 정확한 시간을 묻지 않은 것을 조금 후회했다. 아침이면 언제인가?

그는 조금 생각한 끝에 해가 뜨자마자 가기로 했다. 이르다면 기다리면 되는 거니까.

다행히, 주점은 일찍 나선 모험가에게 대응하고자 준비를 마친 상태였다.

레아(들판 종족) 요리사는 인심 좋게 사과주를 팔아줬다. 지금도 그의 허리에서 그것이 흔들리고 있었다.

말도 없이 묵묵히 걸어서, 잠시 지나 고블린 슬레이어는 시냇가에 도착했다.

어제와 같은 장소에 마찬가지로 그 오두막이 있었다.

아침 햇살이 비추고 있는데 신기하게도 분위기는 어제와 다름없었다.

삐걱삐걱 소리를 내면서 물레방아가 돌고, 굴뚝에서 연기를 토하고 있었다. 작은 집이다.

마치 그곳만 그림 같은 것에서 오려낸 것 같다. 그런 인상을 주었다.

그는 조금 생각한 다음, 입구까지 걸어가서 거침없이 놋쇠 노커를 쿵쿵 두드렸다.

그러자 안에서 「아아, 열려 있으니 들어와」라는 소리가 들렸다.

고블린 슬레이어는 문을 열고 여전히 어슴푸레한 실내로 들어섰다.

창문마저 막으며 책과 고물이 쌓인 방을, 빈틈을 찾아서 나아갔다.

그리고 역시나 그녀— 고전의 술사는 그 어슴푸레함 가장 안쪽에 파묻혀서 카드를 다루고 있었다.

"창가는 책에 습기가 차면 안 좋으니까 피하고 싶긴 한데 말이지."

그녀는 변명처럼 말한 다음 큭큭, 목 안쪽에서 웃으며 의자를 빙글 돌렸다.

"놀고 있는 것처럼 보이나?"

등 뒤에 선 고블린 슬레이어를 향해 앉아, 카드를 부채처럼 휘리릭 펼친다.

"현자와 한량은 통하는 법. 이 또한, 연구의 하나, 마술서의 편찬에 가까운 거야."

고전의 술사는 카드를 합쳐서 쌓더니 싱글싱글 웃으며 「그러면」 하고 말을 꺼냈다.

"보수 말인데. 아침이라고 했지만 이렇게 빨리 오다니."

"기다리는 편이 좋은가?"

"아니."

고블린 슬레이어가 묻자 그녀는 고개를 옆으로 흔들었다.

“시간이란 것은 흘러가는 것이니까. 일을 진행하려면 빠른 게 좋은 거지.”

그러나 고블린의 지식이라. 여자는 참지 못하는 기색으로 큭큭 웃더니 눈꼬리에 눈물을 맺었다.

“신입 모험가에다 남자 혼자라면, 뭐 7할이 『몸』이라고 할 줄 알았건만…….”

어깨를 부르르 떠는 모습에 고블린 슬레이어는 그녀의 웃음 발작이 잦아들기를 기다렸다.

잠시 지나 하얀 손가락으로 눈꼬리를 닦아낸 그녀는 아직도 웃음에 입술 끝을 떨고 있었다.

보란 듯이 몸을 비틀자, 의복이 몸에 달라붙어 몸의 선을 드러냈다.

몸가짐을 신경 쓰지 않는다기보다, 신경 쓸 필요가 없는 것 같기도 했다.

“그 정도로 여자로서 자신이 있기도 했는데.”

“그런가.”

“나머지 2할이 마법의 도구. 나머지 1할이 나의 지식.”

“그런가.”

“……자네는 예상 밖이었어.”

“그런가.”

고블린 슬레이어는 뭐라고 말해야 좋을지 몰라서 같은 추임새를 반복했다.

이제 와서 남녀의 일을 꺼내는 정도로 동요하지는 않지만, 대응하기가 곤란했다.

© 2018 Shingo Adachi

결국 그는 낮게 신음하며 입을 다물었다. 다시 말해서 평소와 같은 태도를 취하기로 했다.

그것을 본 고전의 술사는 턱을 괴더니 고민스럽게 숨결을 흘리며 다리를 고쳐 꼬았다.

"『몸이라고 하면 어떻게 되나』라고 안 물어 보는 것인가?"

"듣고 싶은가."

"그건 물어봐야지."

자 어서. 그녀는 포옹을 재촉하는 것처럼 양손을 펼쳤다. 고블린 슬레이어는 「흠」 하고 중얼거렸다.

"몸이라고 하면 어떻게 되나."

"환술을 걸어서 바라는 대로 즐기게 한 다음, 망각술로 적당히 애매하게 만들어 돌려보내지."

"그런가."

응답한 고블린 슬레이어는 문득 의문이 들어서 투구를 기울였다.

"사기 아닌가?"

"가치란 것은 절대적인 것이 아니라 상대적인 것이니까."

고전의 술사는 그렇게 적당히 말하고 안경 안쪽에서 눈웃음을 지었다.

고블린 슬레이어는 잠시 생각하고, 결국 이 대화에 의미가 없다고 결론을 내렸다.

스승이 자주 시켰던 수수께끼 풀이와 마찬가지다. 겉에서 본 말 그 자체에는 의미도 가치도 없다.

해독해야 할 것은 그 말의 뒷면에 있는 것이니까.

—과연. 분명히 상대적이군.

“그렇다면.”

대답을 얻은 고블린 슬레이어는 허리에 찬 병을 탁상 위에 덜컥 놓았다.

“이것은 가치가 있는 건가. 너에게.”

“어제도 받았지만, 뭐 좋다고 치지. 있어서 곤란할 것 없으니까.”

그렇게 말하는 그녀의 책상에는 새로운 술병이 이미 반 이상 비워진 상태로 놓여 있었다.

그럼에도 풍기는 것은 사과의 달콤한 냄새뿐이고, 술 냄새는 전혀 느껴지지 않았다.

취한 기색마저 없이 그녀는 큭큭 목 안쪽으로 웃음소리를 냈다.

“고블린에 대해서, 고블린에 대해서……. 였던가?”

“그래.”

“이거 참. 자네는 마침 좋을 때 나타났어.”

고전의 술사는 사과주의 병을 집어 들고 가볍게 입을 맞춘 다음에 그것을 책상 구석으로 치웠다.

그리고 쌓여 있는 양피지 다발을 끄집어내어 괜히 그 위에 쌓인 먼지를 털어냈다.

“잠시 팽개쳐뒀었거든.”

그녀는 역시나 변명하듯 말하고 사과 냄새가 풍기는 숨결을 흘렸다.

“사실은 지금, 몬스터 매뉴얼(괴물 사전)의 개정을 맡고 있지.”

“…….”

고블린 슬레이어는 한순간 생각하고서 물었다.

"길드에서인가."

"정기적으로 정오표(正誤表)나 개정판을 만들기도 하는데, 이게 또 보통 일이 아니라서 말이야."

괴물의 생태는 때때로 변화하기도 한다. 그것은 고블린 슬레이어도 들은 적이 있었다.

애당초 세상의 섭리 모두를 정확하게 파악하여 기록하는 일 따위, 사람의 몸으로는 불가능하리라.

이해했다라는 것은 그저 오만함이지만, 그럼에도 그것을 자각하는 일은 드물다.

"은사 쪽을 통해서 부탁을 했거든. 나도 몇 페이지 담당하라는 이야기가 온 거야. 어떡하나 싶었지."

『그러면 제멋대로 적었다고 누가 탓하겠느냐? 라는 것이다. 엉? 불만 있느냐!』

그 늙은 레아도 그렇게 소리치면서 뭔가를 끊임없이 적고 있었다.

고블린 슬레이어가 한 번「뭘 쓰고 있느냐」라고 물어본 적이 있었다.

『시다.』

스승은 대답했다.

『너는 시를 쓸 수 있느냐? 읽을 수 있느냐?』

그리고 말하면서 또 괜히 쥐어박았었는데…….

그녀가「스승」이라고 하여 문득 되살아난 그 기억을 그는 금방 저 멀리 내쫓았다.

고블린 슬레이어는 그 나름의 지성으로 추론을 정리하여 재빨리 이끌어낸 대답을 입에 담았다.

“고블린에 대해서인가.”

“그래, 고블린에 대해서야.”

그녀는 고개를 끄덕이고 고블린 슬레이어에게 쭉 몸을 내밀었다.

철 투구에 입술이 닿을 정도로 가까운 거리.

고블린 슬레이어는 면갑 틈으로 그녀의 눈을 보았다.

“나는 시체를 해부하거나, 생태를 관찰하고 싶어. 그 정보를 너에게 맨 먼저 제공하지. 그러니.”

고전의 술사의 눈동자가, 안경 안쪽에서 심연처럼 흔들렸다. 입술이 사과 향의 말을 자아냈다.

“—자네, 고블린 퇴치(Slay)가 전문이라며?”

§

다시 말해서 그것은 하나부터 열까지 흔한 의뢰였다.

변경의 농촌, 그 변두리에 고블린이 나타났다고 한다.

그것뿐이라면 뭐 그런 일도 있는 법이다. 로 끝난다.

누가 뭐래도 지난 전쟁에서 5년 지났다. 패잔병 고블린 놈들이 어슬렁거리는 정도는 드물지도 않다.

그러나 고블린 놈들은 밭의 작물을 망치고, 다음은 가축에 손을 뻗쳐 훔치기 시작했다.

그리고 드디어 심부름을 나선 마을 처녀가 공격 받았다고 듣고서 마을의 젊은이들이 격노했다.

그들 중에는 전쟁에 종군한 자도 있었고, 선조들에게 전쟁에 대해

들은 자도 있었다.

헛간에는 농기구가 있고, 찾아보면 오래 전에 쓴 무구도 나온다. 일손도 충분하다.

몇 번째인가 마을로 숨어들어온 고블린을 내쫓기에는 충분하고 남았다.

문제는 그 다음이다.

젊은이들은 고블린의 둥지를 찾아내서 혈기 왕성하게도 쳐들어가 쓰러뜨리자고 기세를 올렸다.

그에 대해 촌장이 제동을 걸었다.

젊은 축이 위험한 일을 할 필요는 없다. 모험가를 고용해라— 라고.

"다시 말해서, 이건 전형적(典型的)인…… 아니 정형적(定型的)(템플릿)인 의뢰라는 거군?"

"그래."

고블린 슬레이어는 짧게 말했다.

"마을 처녀를 잡아가진 못했지만…… 그렇다."

낮에도 어두운 숲 속, 길 없는 길을 나아가면서 대화를 했다.

고블린 슬레이어는 수풀을 헤치며 며칠 전에 젊은이가 짓밟아 흐트러진 흔적을 따라 나아갔다.

고전의 술사는 긴 로브 자락을 끌고 있었지만, 신기하게 가지에 걸리는 기척이 없었다.

산책이라도 하는 듯한 발걸음을 보니, 어쩌면 고블린 슬레이어보다 여유가 있을지 모른다.

—기량(스킬)이 아니라 역량(레벨)의 차이인가?

고블린 슬레이어는 등 뒤에서 콧노래를 섞으며 걷는 그녀를 흘끔 보고 그렇게 결론을 내렸다.

그러고 보니 그녀는 등급을 가지고 있을까? 있다면 몇 위일까?

딱히 흥미도 없어서 고블린 슬레이어는 가볍게 그 의문을 내던지고 잊었다.

"그렇다면, 고블린의 무리에도 단계란 것이 있을지도 모르지."

오히려 이어지는 말에 그는 의식을 기울였다.

고전의 술사는 자신의 말을 그에게 들려주는 기색도 없이 혼잣말처럼 말했다.

"이번에는 정착 초기지? 유랑하는 놈들이 여자를 잡아가고자 한다. 이건 규모의 확대를 노리는 것이야."

규모가 커지자 거만해져서 대담하게 마을을 공격하는 것이 제2단계. 그녀는 손가락을 꼽아 세었다.

"그리고 다가올 제3단계가……."

"마을을 멸망시킨다."

"응, 그렇게 되지."

고블린 슬레이어의 말에 그녀는 마치 교사처럼 고개를 끄덕였다.

"마신이다 사교다 다크 엘프다, 기도하지 않는 자 놈들의 훈도를 받아서 거기에 이르는 일도 있을 거야."

고전의 술사는 자신의 생각을 논하면서 허리의 술병을 입술에 무는 것처럼 입을 맞추었다.

응. 목을 울리고, 후아아 숨을 흘리고, 병에서 입술을 떼자 타액이 은색 실을 끌었다.

그녀는 입술에 묻은 술 방울과 함께 낼름 혀로 핥아내고「그러면」이라고 말했다.

"제4단계는 있을까?"

"……."

"너는 이렇게 질문할 것 같지만, 그렇게까지 무리가 비대화됐다는 이야기는 들어본 적이 없군."

고블린의 왕국. 그녀는 노래하는 것처럼 읊조리고, 그는 묵묵히 발치의 수풀을 짓밟았다.

"이기적이고 폭력적인 고블린 놈들이니까. 왕이 있어도 금세 사분오열되거나, 간단히 토벌 당하지."

"모험가도 있다."

고블린 슬레이어는 짧게 말했다. 스스로 생각한 것보다 낮은 목소리였다. 그리고 짧게 덧붙였다.

"대부분의 경우는."

"하긴, 유사 이래 완전무결한 기구 따위는 없었으니. 기도를 하든 기도를 안 하든."

고전의 술사는 그렇게 말하고 유쾌하게 웃음소리를 킥킥 흘렸다.

얼마 안 가서, 그들은 숲 속에 불룩하게 솟아오른 작은 언덕과 마주쳤다.

아니, 언덕이라기에는 다소 다른 풍경이었다.

그것은 이끼가 끼고, 흙과 잡초에 뒤덮인 분묘였다.

봉분…… 이라고 하는 편이 옳을지도 모른다.

머나먼 고대의 이름 모를 왕이나 무장. 그 묘도 이제 와서는 알아볼 수가 없었다.

입구에는 붉게 녹슨 창을 가진 고블린 한 마리가 하품을 하면서 보초를 서고 있지만…….

"그것 참, 물건의 가치를 모르는 놈들이란 말이야."

고전의 술사는 말처럼 거칠지 않게, 오히려 즐기는 어조로 말했다.

이어서 고블린 슬레이어에게 한쪽 눈을 감아서 보였다.

"그래서, 어떡할 텐가?"

고블린 슬레이어는「음」하고 낮은 목소리로 한 마디 으르렁거렸다.

그는 고전의 술사와 함께 수풀에 몸을 숨기고 상태를 살폈다. 고블린은 하품을 하고 있었다.

결론은 단순하다.

"죽인다."

"기다리고 있으면 교대나 땡땡이, 들어갈지도 모르는데?"

고전의 술사는 힐끔 나무들 너머에 뒤덮여 가려진, 태양이 있을 위치를 올려다보았다.

"그리고, 그는 졸린 모양이야. 야행성일지도 모르겠는걸?"

"그럴지도 모르지."

고블린 슬레이어는 주의 깊게 그녀의 말을 기억하면서 자신의 무구를 점검했다.

다시 사고를 확인하고, 순서를 세운다. 실패했을 때의 행동도. 문제없다.

"그러나, 죽인다."

"어째서지?"

재미있다는 듯, 놀리는 것처럼 고전의 술사가 말했다. 고블린 슬레이어는 망설이지 않고 대답했다.

"어쨌든지, 고블린 놈들은 몰살시킬 거니까."

"과연 그렇군?"

그러면 솜씨를 구경하지. 고전의 술사가 속삭이는 소리를 등지고, 고블린 슬레이어는 행동에 나섰다.

그는 호흡을 가다듬고 단숨에 수풀에서 뛰쳐나가며 나이프를 던졌다.

"GOROGO?!"

고블린은 뭐라고 외치기도 전에 어깨에 박힌 칼날의 고통에 비명을 질렀다.

고블린 슬레이어는 혀를 한 번 찼다. 목을 노렸었다.

칼집에서 검을 뽑으며 기세 그대로 뛰어들어서 목에 칼날을 박아 넣었다.

"GBRROB?! GOB?!"

고블린은 부글부글 피거품을 뿜으면서 날뛰고, 고블린 슬레이어의 어깨에 창의 자루가 맞았다.

그러나 칼날을 한 번 비틀어 목을 휘저어주자 고블린은 크게 경련하며 움직이지 않게 됐다.

"하나."

"훌륭해."

뿜어져 나온 피에 젖어 시체 옆에서 숨을 내쉬는 그의 곁으로, 고전의 술사가 손뼉을 치면서 걸어왔다.

“역시 목은 급소군. 역시 사람과 크게 다르지 않은가? 레아에 가까운 느낌도 들지만.”

“모른다.”

고블린 슬레이어는 표적에서 빗나간 나이프를 뽑아내 고블린의 허리 천으로 피와 지방을 닦았다.

동시에 목을 휘저은 검의 칼날에서도 피를 닦아내고 칼집에 넣었다.

그리고 마지막으로 고블린의 창을 들어서 상태를 살폈다.

창날 끝이 녹슬어서 쓸 게 못되지만 봉으로 쓰기엔 충분하다. 그는 그것을 등 뒤에 돌려 허리띠에 끼웠다.

“해치우지 못한 적도 있다.”

“허어. 치명타(크리티컬 히트)가 못 됐군. 흥미로운걸.”

지팡이 끝으로 시체를 살피고, 고블린의 허리 천 아래를 엿보며 그녀가 깔깔 웃었다.

얼마 안 가서 고전의 술사는「그러면」하고 들뜬 기색으로 고개를 들었다.

“내장을 끄집어내는 건 나중의 즐거움으로 남겨두고, 둥지에 들어가볼까!”

“그래.”

고블린 슬레이어는 말했지만 금방 움직이지 않았다.

그는 철 투구 너머로 가만히 노려보는 것처럼 고전의 술사를 보았다.

그 시선을 받고서 그녀는 입술을 끌어올리며 고혹적으로 고개를 갸웃거렸다.

“왜 그러나?”

달콤한 사과 향이 풍겼다.

"……여자 냄새를 눈치챌지도 모른다."

"헤에."

그녀는 자신이 목표가 될 가능성임에도 불구하고 눈을 반짝거리며 빛냈다.

"냄새를 잘 맡나? 이렇게 척 보기에도 불결하고, 저렇게 악취를 풍기는 굴 속에 사는데도."

"보이지도, 들리지도 않았을 텐데……."

고블린 슬레이어는 과거에 최초의 싸움에서 얻은 교훈을 떠올렸다.

"……놈들이 깨달은 적이 있다."

"—과연."

한 번 고개를 끄덕이고, 그녀는 문득 자신의 몸을 뒤덮은 로브를 훌쩍 벗었다.

부드러운 선이 드러나는, 배꼽까지 닿는 짧은 옷과, 자락이 짧은 바지가 보였다.

"잠깐 가지고 있겠나."

그녀는 고블린 슬레이어에게 로브를 던지고 허리에서 기묘하게 굽은 나이프를 뽑았다.

그리고 고블린의 시체에 단숨에 박아서, 추악하게 살찐 배를 갈라 내장을 끄집어냈다.

흘러나온 검고 탁한 피를 양손으로 떠서, 마치 물놀이라도 하는 것처럼 온몸에 발랐다.

"그 로브는 마음에 들거든. 그러나 뭐, 이러면 괜찮을 거야."

그녀는 마을 처녀가 화장을 뽐내는 것처럼 빙글빙글 양손을 펼치고 돌았다.

"어떤가?"

"아마도."

고블린 슬레이어가 말했다. 그리고 덧붙였다.

"괜찮을 거다."

"동포의 냄새, 평소에 쓰는 것의 냄새는 신경이 안 쓰인다. 코는 그런 식으로 만들어져 있거든."

앞으로 내민 로브를 받아서, 그녀는 온몸의 물기를 떨쳐내는 것처럼 털어낸 뒤에 그것을 걸쳤다.

"너도, 새로운 가죽이나 금속 냄새는 신경 쓰이지?"

"그래."

고블린 슬레이어는 고개를 끄덕이고 분묘 입구를 보았다.

"그러나, 고블린은 다르다."

"그렇지!"

고전의 술사는 지기를 얻었다는 듯 미소를 지으며 지팡이를 더듬었다.

"그러면, 얼른 가보도록 하지!"

고블린 슬레이어는 그 말에 응답하지 않은 채 걷기 시작했고, 고전의 술사는 뒤를 따랐다.

문득, 사과 향이 풍긴 것 같았다.

분명 기분 탓이리라.

고블린의 소굴에서 고블린의 냄새 말고 느껴질 리가 없으니까.

§

어슴푸레한 가운데 눈에 힘을 준 고블린 슬레이어는 한숨을 쉬었다.

그는 가방에서 횃불을 꺼내더니 부싯돌을 때려서 점화시키고 방패를 고정한 왼손에 움켜쥐었다.

"어둠 속에 숨어드는 편이 좋지 않나?"

"놈들은 밤눈이 밝다."

그는 들여다보는 고전의 술사에게 짧게 말했다.

"나는 아니다."

불리한 상황으로 스스로 뛰어들 필요는 없다.

"흐응."

고전의 술사는 흥미롭다는 기색으로 말하고 입술을 삐죽거렸다.

"밤눈이 밝은 게 아니라, 흄과 고블린은 보이는 세계란 것이 다른 걸지도 몰라."

중얼중얼 그녀가 중얼거리는 무슨 말. 고블린 슬레이어는 귀를 기울였지만 이해할 수 없었다.

그것을 깨달은 고전의 술사는「아아」하고 고개를 끄덕이며 웃었다.

"아마도 너에게 중요한 것은 고블린이 어둠 속을 볼 수 있다는 점이지. 밤이 아니라."

"그런가."

그 말을 뇌리에 새겼다. 밤이 아니라, 어둠. 이 차이는 크다.

"그러고 보니, 고블린이란 놈들은 함정을 쓰는 걸까?"

밝힌 불꽃에 떠오르는 주위의 광경, 유적의 벽화로 눈길을 주면서 그녀가 물었다.

"지난 판의 몬스터 매뉴얼에 그런 것이 조금 적혀 있었는데."

그녀의 물음에 고블린 슬레이어는 조심하면서 대답했다.

"벽을 뚫고 나온 적이 있다."

고전의 술사는 눈을 가늘게 떴다.

"베이컨의 프라이 소리군."

"……뭐지?"

"부디, 계속하시지."

"……."

분묘의 외견으로 예상되는 크기와, 지금 있는 위치, 통로의 폭, 벽의 두께.

고블린의 힘으로 무너뜨릴 수 있을까? 그는 생각했지만 아직 예상할 수 없었다. 경계가 필요하다.

"함정과, 매복도 했다."

"참으로 심플하군. 역시 소굴에서 벽이나 바닥의 붕괴 같은 걸…… 경험으로 배웠다면 유적의 함정도……."

"쓸 수 있을 리 없다. ……라고 얕본 적은 없다."

"거주 환경에 따라 다르다, 이 말이군. 사용법을 몸소 배운다면. 눈이나 사막 같은 지역에서는 함정도 다르겠지……."

고전의 술사는 중얼중얼 혼잣말처럼 사고에 빠진 다음, 천연덕스레 웃으며 말했다.

"하지만, 거기까지 쓸 지면이 없군. 원시적인 함정을 사용한다.

이 한 문장일 거야."

고전의 술사는 씨익 웃고, 뽐내듯 세워놓은 생물의 시체로 만들어진 기둥을 가리켰다.

죽이고, 먹고, 범하고, 그 성과를 자랑하는 듯한 고블린의 상징.

"그리고 이 악취, 발치, 좁은 장소, 고블린의 악의, 세부에 깃든 것은 기록되지 않는 것이었다."

"고블린에 한정된 이야기도 아니겠지."

고블린 슬레이어는 조금 생각하고 말했다.

"전서(全書)란 것은 대개 그런 것이니까."

그녀는 말하고서 깔깔 웃었다.

고전의 술사가 하는 말은 노래처럼 흐르고, 멎을 줄을 몰랐다.

그것은 고블린 슬레이어를 대단히 차분하지 못한 기분으로 만들었다.

그는 끊임없이 주위를 둘러보고, 귀를 기울여 사소한 소리에도 신경을 곤두세웠다.

자신과 고블린 말고 다른 것의 소리, 기척이 있고 무언가가 움직인다.

―정신이 사납다?

아니, 그렇지는 않으리라. 신경 써야 할 일이 한둘 늘어난 것뿐이다.

고블린 슬레이어는 비릿하고 습하며 탁한 공기를 폐에 가득 들이쉬고 천천히 내뱉었다.

발치에 끈적거리는 불결한 오물이 신발에 달라붙어서, 걸을 때마다 소리가 날 것 같다. 주의해야 한다.

그러고 보니, 역시 이 여자는 전혀 발소리를 내는 기색이—.
“어라?”
문득 그녀가 고개를 갸웃거리며 소리를 내더니 말을 멈추고, 고블린 슬레이어도 발길을 멈추었다.
“왜 그러나.”
“이걸, 좀 보게.”
그녀는 지팡이 끝으로 발치의 오물을 가리켰다.
“짐승의 배설물이군.”
고블린 슬레이어는 웅크려서 주저 없이 가죽 장갑으로 감싼 손가락으로 살폈다.
형태는 본 적이 있었다. 상당히 어렸을 적, 누나에게 배웠다.
“고블린의 것은 아닌 모양이다만…….”
“그래, 달라. 이건 아마도…….”
그녀가 말을 끊고서 분묘의 통로 안쪽으로 눈길을 주었다.
고블린 슬레이어도 뒤늦게 횃불을 그쪽으로 향했다.
벽과 바닥만 불꽃에 비추어 흔들리고, 마치 윤곽선처럼 보였다.
그리고 미약하게 멀리서 메아리 치는 희미한 소리. 이건—.
“늑대 것이군.”
짐승이 으르렁거리는 소리.
“술법의 소양은?”
“얕봐 주면 곤란하지.”
고블린 슬레이어의 낮은 물음에 그녀는 분연히 말했다.
“불덩이나 번개를 던지는 것만 마술사라고 생각하면 안 돼. 그렇지만.”

고전의 술사는 품에서 꺼낸 카드 다발을 나누면서 진지함이 옅은 기색으로 깔깔 웃었다.

“지금 나는 의뢰인이야. 어떻게든 하는 건 내가 아니라, 자네 일이지.”

“그런가……!”

포효와 함께 두 마리 늑대가 바닥의 오물을 박차면서 달려오는 것이 불꽃의 불빛 속에서 보였다.

여기까지는 갈림길이 없었다. 맞서는 수밖에 없다. 은밀한 침입이 소용없었다.

고블린 슬레이어는 뇌리에 스치는 사고를 그대로 보류하고 망설임 없이 왼손의 횃불을 휘둘렀다.

깨갱. 비명을 지르며 뛰어들던 한 마리째가 옆으로 벽에 부딪혔다.

고블린 슬레이어는 곤봉 대신 쓴 횃불을 그대로 두고서 오른손으로 검을 뽑아 베었다.

“커……흑?!”

그러나 속도와 질량을 아우른 위력은 늑대가 웃돈다.

늑대의 가슴에서 어깨에 걸쳐 칼날로 베었지만, 모피에 막혀서 치명상에 이르지 않았다.

고블린 슬레이어는 돌진하는 기세 그대로 깔려버렸다.

손에서 떨어진 검이 덜크럭거리며 돌바닥을 굴러가고, 철 투구 아래서 오물이 튀었다.

혈육이 썩는 냄새를 풍기는 송곳니가 그의 목 줄기를 노리면서 딱

딱 맞부딪혔다.

—목젖을 물어뜯기면 끝이다……!

고블린 슬레이어는 망설임 없이 횃불을 놓고, 억지로 왼쪽의 방패로 송곳니를 막아냈다.

벽에서 땅으로 떨어진 늑대도 자세를 고쳐 이쪽으로 다가오고 있었다. 시간이 없다.

그는 검의 회수를 포기하고, 등에 진 창의 자루를 잡았다.

"이, 놈……!"

부식된 자루를 지레의 요령으로 반쯤 부러뜨려서 잡고, 역수로 그 물미를 늑대의 안구에 때려 박았다.

비명. 뛰어서 피하는 발을 붙잡아 더욱이 물미로 안구를 파헤쳤다. 뇌수를 휘젓는다.

기어이 입에서 거품을 뿜으며 경련하기만 하게 된 늑대를 치우고, 그는 일어섰다.

"…………다음!"

또 한 마리가 입에서 침을 뿌리며 도약하여 뛰어들었다.

그는 등을 낮추어 앞으로 구르며 그 아래를 빠져나갔다. 왼손으로 땅에 굴러다니던 횃불을 잡았다.

"흐, 압……!"

고블린 슬레이어는 돌아보자마자, 늑대의 배에 횃불을 찔렀다.

깨갱. 비명을 지르며, 살과 모피가 타는 역겨운 냄새와 연기가 피어올랐다.

물론, 횃불은 본래 무기가 아니다. 이런 사용법을 하면 횃불의 불은 금세 사라져 버린다.

그러나 그는 타고 남은 그것을 늑대의 입으로 쑤셔 박아서 마무리를 지었다.

"……와오. 잘 처리하는걸."

"아직 본대가 온다."

고블린 슬레이어는 호흡을 가다듬으며 검을 붙잡고 왼손으로 가방에서 횃불을 뽑았다.

"《아르마(무기)…… 인프라마라에(점화)…… 오페로(부여)》."

문득 손가락을 튕기는 소리가 나고 불꽃이 흩어졌다.

흐릿한 인광을 띤 그것은 공중을 날아서 횃불에 닿더니 곧장 타올랐다.

고전의 술사는 장화의 굽으로 고블린의 둥지란 응어리진 토지를 울리고 씨익 웃었다.

"붉은 마력의 이름으로, 자아, 의뢰인을 지켜주시게. 고블린 슬레이어 군?"

"좋다."

고블린 슬레이어는 짧게 대답하고, 어둠 속에서 발 소리와 함께 다가오는 군세에 대비했다.

싸구려 철 투구, 지저분한 가죽 갑옷, 손에는 어중간한 길이의 검과 횃불, 자그마한 원형 방패를 들고서.

"고블린 놈들은, 몰살시킨다."

싸움이, 시작됐다.

§

“GOROB! GOROBG!”

“GOOROGGB!!”

모험가다. 한심하고 약해 보이는 모험가다. 여자도 있다. 죽여라, 범해라.

고블린 놈들이 지저분한 침을 뿌려대면서 손마다 잡다한 무기를 들고 밀려들어온다.

고블린 슬레이어는 그것을 좁은 통로에서 맞이해 싸웠다.

“둘…… 셋!”

“GGB?!”

“GOROG! GBBGB?!”

등 뒤에 고전의 술사를 감싸고, 내리친 녹슨 단검을 원형 방패로 막아내고 검을 앞으로 찌른다.

즉시 덮치는 두 마리째에 아직도 경련하는 한 마리째를 걷어차서 행동을 저해시킨다.

이어서, 한 동작으로 느긋하게 오던 세 마리째에 검을 던졌다.

“GBGB?!”

“넷— 다섯!”

방패에 파고든 단검을 뽑고 방해된다는 듯 시체를 밀어낸 두 마리째의 두개골을 칼자루 끝으로 때려 부순다.

손발을 휘두르면서 무너지는 그 놈의 손에서 곤봉을 주워 네 마리째도 머리를 때렸다.

"GOROGORB?!"

이걸로 처음 경비를 포함하면 다섯.

무구를 휘둘러 방패를 때릴 뿐이지만, 고블린의 기세는 멈출 줄을 모른다.

"이야아, 이거 상당한 박력이 있군. 반해버릴 지도 모르겠어."

구경꾼 입장인 고전의 술사가 생각지도 않는 말투로 깔깔 웃었다.

"그러나 수를 이용해서 밀어붙인다? 고블린답지만 너무 조잡하지 않은지— 어이쿠."

연극 무대에서 예상 밖의 전개가 일어났을 때처럼 고전의 술사가 소리를 냈다.

"GOROGB!"

"GBB! GROGOB!"

고블린 슬레이어가 혀를 찼다. 그 고블린 놈들의 목소리는 등 뒤에서 들렸다.

입구 쪽에서 고블린의 무리— 뒤로 돌아서 왔다!

"과연. 벽을 뚫을 수는 없지만, 이러면 효과는 변함이 없지. 뒷문이라도 있었나 보군."

"벽을 등지고 서라!"

소리치자 그녀는 「그래, 그래」 하며 순순히 위치를 바꾸었고, 고블린 슬레이어는 그 앞에 섰다.

오른손에 곤봉, 왼손에 횃불을 쥐고 천천히 양팔을 펼치더니 좌우의 고블린을 위압했다.

등 뒤에서 기습이 없다면, 이걸로 그녀도 지킬 수 있다. —그가 살아있는 동안에는.

"여섯!"

"GOBOGOR?!"

오른쪽 고블린을 곤봉으로 견제하고, 왼쪽 고블린을 곤봉 같은 횃불로 때린다.

밝혀진 마술의 불꽃이 곧장 고블린의 머리를 핥으며 뒤덮어서 태워 버린다.

"GGGOB?!"

"그렇지? **불덩이를 던지기만 하는** 게 아니지?"

불 부여
《인챈트 파이어》

고블린 슬레이어는 그녀가 읊조린 주문의 이름에 흥미가 없었다.

비명을 지르며 몸부림치고 괴로워하는 고블린을 걷어차서 쓰러뜨리고, 곧장 횃불의 불꽃을 곤봉으로 옮겼다.

타오르는 두 무기를 손에 들고, 고블린 슬레이어는 고블린 놈들을 차례차례 때렸다.

"일곱…… 여덟! 아홉! ……열!"

오른쪽에, 왼쪽에. 타오르는 무기를 휘두르자 불똥이 꼬리처럼 흩어져 붉은 궤적을 그렸다.

고블린을 죽이는데 마법의 무구는 필요 없지만— 마력의 불꽃은 망설임을 만들어내는 데는 충분했다.

활활 타오르는 기이한 무기에 고블린 놈들이 공격을 주저하면, 거기에 곧장 타격을 펼친다.

"GGGBGOR?!"

"GOB?! GGOBOGOG?!"

고블린의 살이 타오르는 냄새, 피가 끓는 냄새, 뇌수와 두개골이 뒤섞여 흩어졌다.

"그러나, 곤봉에 걸기에는 사치스런 주문이지……."

고블린 슬레이어가 고전의 술사의 말을 깨달은 것은 곤봉의 불꽃이 사라졌을 때였다.

죽인 고블린은 이미 열을 넘었고, 고블린의 파도도 끊어졌다.

고블린 슬레이어는 크게 숨을 내쉬었다.

어깨를 들썩이며 거칠게 숨을 쉬고 땀에 흐려진 시야를 떨쳐냈다. 그는 건재하다. 그녀도 무사하다.

그러나 아무리 그래도 횃불과 곤봉은 한계에 이르렀다. 그는 그것을 아무렇게나 발치에 떨구었다.

대신 시체의 손가락을 꺾어서 비교적 괜찮은 검을 빼앗았다.

"……앞으로, 얼마지?"

체력적인 문제는 하루아침에 해결되는 것이 아니지만— 그는 단련할 필요성을 통감하고 있었다.

호흡을 가다듬고자 노력하면서 묻자, 고전의 술사는 「어디보자」 하며 느긋하게 응답했다.

"마을 사람의 증언과 유적 입구의 발자국 수를 감안하면, 이제 그만 끝이 아닐까 싶은데."

떨어진 벽재를 의자 대신 삼아서 오도카니 앉은 고전의 술사는 큭큭 웃었다.

"하지만 자네, 제법이잖아. 이거 진짜로 반해버릴지도 모르겠어."

"그런가."

"어라, 매정한 태도군."

"농담 같은 거라면, 진지하게 받아들일 생각도 없다."

"말로 인심을 흐트러뜨릴 수 없다니, 자신이 사라질 것 같은걸……. 앗, 온 것 같군."

말하지 않아도, 고블린 슬레이어의 귀에도 그 소리가 들렸다.

쿵, 쿵. 묵직하고 둔중한 발소리. 유적의 안에서 다가오는 그것은 얼마 전에도 들은 기억이 있었다.

통로를 메우는 거구— 아니, 그것뿐이 아니다. 그 발치에서 숨는 것처럼 움직이는 그림자.

"홉에…………."

"…………하하아, 샤먼이란 거군. 제2단계로 이행하고 있었다는 거야."

참으로 우둔해 보이는 생김새의 거구 고블린.

그 발치에 있는 영악해 보이는 생김새의 지팡이를 든 고블린.

어느 쪽이 두목인지는 모른다. 그러나, 드디어 무리의 우두머리가 기어 나온 것은 알 수 있었다.

"그렇다면 아까 그 기둥은 토템 같은 것이었겠군."

고전의 술사가 알겠다는 표정으로 중얼거렸다.

고블린 슬레이어는 그것을 몰랐다. 고블린 슬레이어가 보는 것은 달랐다.

홉고블린이 손에 **방패**를 들고 있었다.

그 방패는 사람의 형상을 하고 있었다. 팔다리가 있을 수 없는 방향으로 꺾인 인형 같았다.

"아…… 이……."

마을 처녀가 잡혀갔다는 이야기는 못 들었다. 유랑자, 여행자일까?

홉고블린은 여자를 선보이듯 방패를 휘둘렀다. 가슴이 벽에 부딪혀 여자가 비명을 질렀다.

그리고 고블린 놈들이 낄낄대며 웃었다.

동료의 죽음보다도 그 꼴사나운 방패의 모습과, 분명히 어쩌지도 못할 모험가 놈들을 비웃는 것처럼.

"…………."

"오오, 지독하군."

고전의 술사가 남의 일처럼 중얼거렸다.

"임신을 했을까? 흐흠. 태아의 상태도 보고 싶기는 하지만."

고블린 슬레이어는 그것을 무시하고 숨을 골랐다.

그는 손에 든 검을 천천히 들었다.

흔들리는 시야. 호흡을 멈춰라. 정확하게 노려라. 조금 팔을 내린다. 아주 약간.

지난 번 싸움에서 한 가지 알게 된 것이 있었다.

―이 놈들은 방패의 사용법을 모른다.

"GOROGOBOGOR?!?!"

고블린― 홉고블린의, 들어줄 수가 없는 탁한 비명이 울렸다.

무슨 일이 일어났는지, 놈은 알 수가 없었거나 믿지 못했음이 틀림없다.

방패로 다 가릴 수 없는 거구, 그 사타구니에 검이 박혔을 줄은―.

"흐, 압!!"

고블린 슬레이어는 등에 돌린 오른손에 부러진 창의 창날을 붙잡고 뛰었다.

홉고블린의 추태를 본 고블린 샤먼이 소리치면서 지팡이를 들어 올렸다.

"GOBOOGOB……!"

"술법이 날아온다!"

고전의 술사가 경고. 괜찮다. 알고 있다.

"GOROOOGOB?!"

"히, 이……익?!"

홉고블린이 휘두르다 놓친 포로를 한 손으로 받아냈다. 가볍다. 기세는 멈추지 않는다.

고블린 슬레이어는 커다랗게 발을 디디면서 한손으로 창의 창날을 들었다.

"열에, 하나아!!"

"GOBOOROG?! GOBOG?!"

거리를 좁혔고, 급소가 어디든 주문을 자아내는 장소는 같다. 입과 혀. 목을 뭉개라.

탁한 비명을 지른 샤먼의 목젖을 녹슨 창날이 반쯤 부수면서 깊숙하게 꿰뚫었다.

피거품에 빠져 몸부림치는 고블린을 차서 짓밟고, 그는 홉고블린을 돌아보았다.

"GORGGBBBB……!"

"열둘이다……!"

양손은 비었다. 그러나 무기는 눈앞에 있다.

몸부림치면서 팔을 휘둘러대는 홉고블린의 사타구니를, 고블린 슬레이어가 걷어찼다.

"GOOBBGBGRGBG?!"

물론, 검과 함께.

자루까지 깊숙하게 파묻힌 칼날이 그대로 내장에 이른 것을 물컹한 감촉으로 알 수 있었다.

—그러나, 너는 그 정도로는 안 죽지.

"GOROGBB?!?!"

그는 포로를 옆으로 눕히고, 땅바닥에서 굴러다니는 홉고블린을 덮쳤다.

왼손의 방패를 치켜든다. 더 연마해두면 편했으리라. 조금 반성한다.

금속제 테두리가 홉고블린의 두개골을 깊숙하게 갈랐다. 다시 일격. 뇌수가 뿜어져 나왔다.

뒤에 남은 것은 몇 번의 경련. 단말마의 떨림이 두꺼운 팔다리를 쭉 뻗게 만들었다.

그걸로, 끝이었다.

§

타닥, 타닥. 불똥이 터지는 옆에서 연기에 뒤섞여 썩은내가 풍겼다.

어슴푸레한 유적 안은 아까보다도 구역질이 나는 냄새로 휩싸여 있었다.

“거기가 위고 이게 소장…… 이 정도는 알 수 있겠지?”

“그래.”

“먹은 걸 분석하려면 여기. 이게 방광, 정소. 남자의 그거지. 급소야.”

입가를 천으로 덮은 고전의 술사가 고양이 발톱처럼 휘어진 칼날—수술도를 손에 들고 중얼거렸다.

큰 건지 작은 건지. 농담 같은 그녀의 말을 고블린 슬레이어는 진지하게 들었다.

그들의 눈앞에는 무참하게 배가 갈라지고 내장을 끄집어낸 고블린이 드러누워 있었다.

무참한 고블린의 시체— 배를 가른 것은 그 밖에도 몇 마리 있었다.

질처덕. 고블린의 성기를 손가락으로 만지작거리면서, 그녀는 「여자를 울리는 물건이군」이라며 킥킥 웃었다.

“그러나 암컷이 없다는 건 정말인가 보군. 자궁도 난소도, 가진 녀석이 없어.”

싸움이 끝나고 해가 지면 찾아오는 밤은 고블린 놈들의 시간이다.

굳어진 피로 검붉게 물든 앞치마를 입은 여자에게 느긋하게 해부를 시켜도 될까 아닐까?

그것은 이렇게 고블린의 배를 가르고 있는 와중에도 고블린 슬레이어에게 의문이었다.

“잔당이 있다면 돌아올지도 모르지.”

그러나 뜻밖에도 그렇게 말하며 야영을 제안한 것은 고전의 술사였다.

고블린 슬레이어는 그것이 어떤 의도인지 아직도 이해하기 어려웠다.

잔당이 있다면 얼른 해부를 해야 갈까? 아니면 기다리면서 해부를 해야 할까—.

"저 애를 또 고블린이 덮치게 놔둘 수는 없지 않겠나?"

키득 웃는 목소리. 치료를 받고 모포에 휘감긴 채 마술로 잠든 소녀.

그러나 어느 쪽이든 고블린의 시체와 포로를 안고서 이동하다가 습격을 받는 것보다는 낫다.

고블린 슬레이어는 고개를 끄덕이는 수밖에 없었다. 그렇다면 할 일은 하나다.

"해부를 부탁하지."

고전의 술사의 손놀림은 기이할 정도로 매끄럽고 아름다웠다.

하얀 손가락 끝을 검붉은 피로 물들이면서, 그녀는 고양이처럼 눈빛을 반짝거리며 수술도를 움직였다.

"간, 신장의 위치도 흄과 그렇게 다를 바 없어. 물론 다른 종족의 내장 위치는 모르지만."

"그런가."

"엘프나 드워프를 해부할 기회가 없었거든. 레아 좀도둑도 좀처럼 교수형을 당하지 않고."

그녀는 자비로울 만큼 거침없는 손놀림으로 고블린의 내장을 휘젓고 간을 움켜쥐었다.

"때리면 격통, 찔리면 대출혈, 기적이 없으면 살아날 수 없어."

"……전에, 배를 찔렀는데도 계속 움직이는 고블린이 있었다.

고블린 슬레이어는 전부터 의문스럽게 생각한 것을 말했다.

"그건 어째서지?"

"체력…… 아니, 맷집일까?"

고전의 술사는 「실제로 보지 않으면 단언할 수는 없지만」이라고 못을 박으며 신중하게 말을 자아냈다.

알고 지낸 기간은 짧지만, 그녀는 모르는 것을 모른다고 하며 단언하지 않는 성질인 것 같았다.

그것은 고블린 슬레이어에게 참으로 고마운 일이기도 했다.

불분명한 말을 믿었다가 바보 같은 짓을 하는 건 그야말로 바보 같은 짓이다.

오랜만에 만나는 친척과 식사를 할 때는 제대로 확인을 해라, 스승이 한 말이었던가?

"치명상이라도 즉사는 하지 않았다. 혹은 근육, 지방에 막혀서 칼날이 닿지 않았거나."

"그렇군."

고블린 슬레이어는 애용 — 이라는 의식은 없지만 — 하는 검의 칼날을 손가락으로 재어 보았다.

쓰고 버리는 어중간한 길이의 검이다. 전장에서 쓰기에는 짧고, 예비로 삼기에는 길다.

좁은 곳에서 휘두르고 고블린을 죽이기에는 충분한 물건이지만, 대형 개체에 찌르기는 피해야 하는가……?

그러나 참격보다는 확실하게 죽일 수 있다. 선택지에서 빼는 것은 정도를 넘어서 어리석은 짓이다.

"어디를 노리면 되겠나."

"그러니까, 조금만 기다려 봐라."

요리에 주문을 덧붙인 것에 응답하는 것처럼, 고전의 술사는 고블린의 시체를 휘저었다.

그 손놀림을 보니, 전에 그가 했던 해부가 얼마나 조잡했었는지 잘 알 수 있었다.

전문적인 지식과 기술의 유무는 이런 사소한 부분까지 여실하게 나타나는 것이다.

숙달된 그 움직임과 말을 놓치지 않고자 고블린 슬레이어는 눈에 힘을 주고 귀를 기울였다.

"…………응. 허벅지, 겨드랑이 아래, 목에 두꺼운 혈관이 있군. 기도도 사람과 변함이 없어. 그곳이야."

"목…… 목이라."

고블린 슬레이어는 고개를 끄덕이고 생각했다. 목을 뭉갠다. 아까도 효과가 있었다. 효과도 한눈에 알 수 있다.

동시에, 파수꾼에게 던진 단검이 빗나간 것을 떠올렸다. 무엇을 해야 할지 명백했다.

"연습이 필요하군."

"후후. 사람과 다를 바 없고, 덧붙여서 연습……이라고 하니."

고전의 술사는 의미심장하게 눈을 흘기며 유적의 어둠 속을 보았다.

남자를 유혹하는 듯한 그 시선 끝에는 고물처럼 쌓인 무언가가 있었다.

분묘의 부장품이리라. 녹슬고 날이 빠졌고, 찌르면 부러질 것 같은 무기들 가운데…….

기운 흔적투성이의 가죽으로 만들어진, 무척이나 꼴사나운 그것은 소굴 안쪽에서 발견한 것이었다.

"안장, 을 쓰다니."

호오. 숨결과 함께 고전의 술사가 토해낸 말을 고블린 슬레이어는 무표정하게 들었다.

소귀 기수
고블린 라이더.

그 고블린 놈들은 기수로 삼고자 늑대를 기르고 있었다.

"……역시, 5년 전의 전쟁인가?"

"다른 종족의 수법을 보고 흉내를 냈든지, 가르침을 받았든지. 고블린은 기승의 비밀을 훔쳐낸 것이군."

그녀는 입가를 가린 천을 벗고 양손의 피를 꼼꼼하게 닦고는 술로 정화하면서 씻어냈다.

그리고 부드러운 무릎 위에 팔꿈치를 짚고 괴더니, 눈을 스윽 가늘게 뜨고 고블린 슬레이어를 보았다.

"생물은 자신이 존재하는 환경에 적응하는 법이야."

그 시선은 이를테면 곤충을 바라보는 것처럼, 어쩐지 기묘한 눈초리였다.

재미있다는 식이기도 했고, 그렇다고 관찰 대상이 어떻게 되든 흥미는 없다…….

"알고 있나? 추운 곳에 사는 흠은 덩치가 커지지. 북방의, 산 너머의 야만족처럼 말이야."

"……이야기는 들어본 적이 있다."

고블린 슬레이어는 과거에 누나가 들려준 옛날이야기를 떠올렸다.

북방의 야만족. 용감한 남자. 전사이자 도적. 재화와 옥좌를 유린하고 펼치는 수많은 모험.

손에 든 검으로 노예에서 용병, 장군을 거쳐 이윽고 왕에 이르는 위대한 남자의 이야기.

그것은 그에게 역사이며, 신화이며, 전설이며, 그리고 옛날 이야기였다.

실제로 일어났는지 아닌지는 상관없다. 누가 바보 취급을 해도 상관없다.

그에게 그 영웅담은 진실이었으니까.

"강철을 섬기는 민족이다…… 라고 하더군."

"그렇지."

고전의 술사가 고개를 끄덕이고 거침없는 손놀림으로 앞치마를 벗어서 던졌다.

모닥불 곁에 털썩 앉은 그녀가 자기 근처로 오라는 듯 땅을 두드렸다.

고블린 슬레이어는 믿을 수 없다는 심정으로 조용히 중얼거렸다.

"알고 있나?"

"황량한 어둠과 밤의 나라. 그의 호걸을 모르고 근육주의(마초즘)이라고 비웃는 자에게는 저주 있으라고 하지."

그는 고개를 끄덕이고 조금 생각하더니, 계속 잠들어 있는 포로

옆— 고전의 술사 맞은편에 앉았다.

"뭐 좋아."

고전의 술사는 그것을 보고 희미하게 웃은 다음, 마술사처럼 불꽃을 들여다보았다.

"이것은 스승의…… 리자드맨의 말인데, 오랜 옛날에는 대단히 추운 시기가 있었다고 하더군."

전설이야. 고전의 술사는 목소리를 내지 않고 입술의 움직임만으로 속삭였다.

"고블린이 그 시대부터 존재하고 있는 이상, 네가 말하는 홉은 선조 회귀일지도 몰라."

고블린 슬레이어는 모닥불에서 떨어진 곳에 누워 있는 시체에 눈길을 돌렸다.

아까 그가 고전 끝에 처치한 거구의 고블린— 홉고블린.

그것은 도무지 고블린 같지 않은 양상이었고, 새삼 생각해본 적도 없었지만…….

"다시 말해서 근력이 늘어난 것은 체격이 변화한 결과에 지나지 않는다…… 인가?"

"그럴지도 모르지. 그러니까 고블린 놈들의 선조는 굴에서 살지 않고 평원을 건너는 생활을 했을 수도 있어."

고전의 술사는 술병에 입을 맞추더니, 핥고 빠는 것처럼 술을 입에 머금고는 목을 울리며 한 모금 마셨다.

"고블린이란 모름지기, 세력이 늘어나면 평원으로 나와서 마을의 약탈을 일삼는다…… 맞지?"

"……."

고블린 슬레이어는 낮게 으르렁거리고 고개를 끄덕였다.

"때때로."

"그런 의미에서는 영양 상태도 넘길 수 없어. 제대로 된 식생활을 했다면 어떻게 될지."

고블린 슬레이어는 입을 다물었다.

상상해본 적도 없었다.

지저분한 고블린 놈들이 흄 만큼 먹고, 흄 만큼의 생활을 보낸다. 역겨운 광경이다.

설령 혼돈의 세력에 지배된 영지라고 해도, 고블린은 가장 밑바닥의 잡졸에 지나지 않는다.

그 입장이 뒤집어진다면 그것은, 고블린이 사방(四方)세계 모든 말을 가진 자에게 승리했을 때이리라.

고블린은 스스로 무언가를 만들 수 없다. 모든 것은 빼앗는 것, 훔치는 것이다.

"아아, 그렇지. 자네 말이야. 생선의 체격과 무리에 관한 연구는 알고 있나?"

그리고 고전의 술사는 말을 멈추지 않았다. 고블린 슬레이어의 사고가 전환되었다.

"모른다."

문득 던진 의문에 고블린 슬레이어는 담백하게 말했다.

딱히 당황할 일도 아니다. 수수께끼 풀이를 하는 와중에 돌이 날아오는 것보다는 훨씬 낫다.

"들어본 적도 없다."

뭐, 무리도 아니지. 고전의 술사는 고개를 끄덕이고, 나도 스승에게 배웠다며 말을 이었다.

"무리로 사는 작은 고기, 한 마리씩 사는 작은 고기, 둘 중에서 후자가 커진다는군."

"……당연하게 들린다만."

"그 『당연함』을 조사하는 게 학문이야. 당연하다고 끝내 버리면 당연한 일이 안 일어나잖아?"

어쩐지 뽐내면서 고전의 술사가 말했다. 풍만한 가슴을 내밀고 웃음을 지으면서.

"과밀한 무리에서는 성장이 정체되고, 분뇨로 물이 오염되며, 생선들이 짜증을 낸 끝에 동족포식도 태연하게 시작한다……."

"……."

"그야말로 고블린. 그런 것이지."

고블린 슬레이어는 입을 다문 채, 모닥불의 장작이 소리를 내며 무너지는 것을 보았다.

고전의 술사가 철 투구 안쪽을 들여다보듯 싱글싱글 시선을 꽂는 것이 느껴졌다.

그러나, 그게 어쨌단 말인가? 고블린 슬레이어는 말했다.

"……네가 하는 말은, 상당히 기묘하게 들린다."

"말했지? 스승이 리자드맨이야. 리자드맨 식이지. 다시 말해서 나는 어엿한 이단 학도란 거다."

고전의 술사는 불꽃에 술병을 내밀어 보면서 병의 입구에서 흐르는 방울을 핥았다.

"하지만 리자드맨은 기록 따위 남기질 않으니, 내가 기억해두고자 하는 거지."

레아는 제멋대로 써대고, 드워프는 말하기 싫어하며, 엘프는 「당연하다」에서 멈춰 버린다.

불사의 마술사는 자기만 쓰는 메모로 끝내 버리고 뇌는 썩어 있다.

"그런가."

그녀가 쓴웃음을 섞어서 불평을 하는데도 그는 짤막한 추임새만 넣었다.

"용에 이르러서는 기록하지 않아도 기억할 수 있으니 말이야. 그건 죽지도 않고, 잊지도 않으니까."

"그런가."

고블린 슬레이어는 가까이 있는 막대로 모닥불을 뒤섞으며 말했다.

"그렇고말고."

고전의 술사는 목 안쪽으로 큭큭 웃었다.

"용은 재물을 쌓는 자. 지식 또한 마찬가지로 보물. 무상으로 남에게 나눠줄 리가 없음이라."

고전의 술사는 홀로, 노래하는 것처럼 읊조렸다. 불꽃이 튀기고, 음색을 더한다.

—지식은 보물일지니.

보아라, 지금 이렇게 동굴 안에 있는 현인을.

서적의 한 페이지를 채우기 위해, 과연 어느 정도의 현인 마술사가 지식을 쥐어짜냈을 것인가?

"그렇다고 죽이면 지식은 사라진다. 용의 머릿속에서 훔치는 것은 시노비도 못하지."

고블린 슬레이어는 문득 자신의 스승인 노인을 떠올렸다.

—어째서 고블린에게 살해당하는 쓰레기에게 일부러 가르쳐줘야 하는 게냐?!

스승은 그렇게 말하고, 변변찮은 그의 머리를 호되게 쥐어박았다.

학식도 없고, 천진하게 이길 수 있다고 믿는 바보들에게 내려줄 보물 따위 없다.

혹여 고전의 술사의 스승인 리자드맨은 용이 아닐까? 문득 생각했다.

그러나 그 이상으로 흥미도 없고, 그는 그것을 물어보고자 생각하지도 않았다.

"설령 용에게서 지식을 나누어 받을 기회가 있다고 해도……."

그녀는 미약하게 볼을 붉히고 있었지만, 그것이 술 탓인지 불꽃의 빛 탓인지 구별이 안 된다.

그렇지만 눈동자는 어쩐지 녹아내릴 것 같았고, 고블린 슬레이어의 투구를 보고 있었다.

"그걸로 고블린의 지식 따위를 바라는 녀석은, 정말로 『뭔가 이상한 녀석』뿐이지."

"그런가."

고블린 슬레이어는 말했다. 그리고 또 다시 대화가 끊어졌다.

모닥불이 터지고, 장작이 다시 무너졌다. 귀를 기울인다. 고블린의 발소리는 안 들린다.

들리는 것은 자신의 갑갑한 호흡 소리와 그녀의 온화한 한숨 소리. 잠든 아가씨의 숨소리.

느껴지는 것은 부패한 오물과 피와 내장에 섞인 달콤한 사과의 향기.

“뭐, 조사해야 할 것은 생태, 습성, 유래, 아종, 서식 구역, 지각, 지능, 문화 정도지.”

이윽고 그런 침묵을 끊어내는 것처럼, 고전의 술사가 천연덕스레 밝게 말했다.

“나는 더 이상 스스로 조사할 생각은 없지만 말야. 예를 들어…… 말 같은 것. 고블린어…….”

있다고 생각하나? 고전의 술사가 지난 며칠 동안 몇 번이고 반복한, 놀리는 것 같은 물음.

“있다.”

고블린 슬레이어는 단언했다. 망설임은 없었다.

“확실한가? 울음소리일지도 모르지. 고브고브거리는 게 대화로 들린 것뿐일지도 모르고.”

물어보지 않아도 안다. 그런 것은 5년 전부터 알고 있었다.

“놈들이 포로를 가리키면서 비웃는 것을 보았다.”

“그러니까, 고블린에겐 농담이라는 문화가 있는 거로군.”

고전의 술사는 또 다시 학생을 칭찬하는 교사 같은 어조로, 기쁜 기색으로 고개를 끄덕였다.

고블린 슬레이어는 그녀의 말의 의미를 이해하지 못해서 입을 다물고 마주보았다.

투구 면갑을 통과한 시선에 고전의 술사는 딱히 고집하는 기색도 없이 잘 돌아가는 혀로 말을 이었다.

“왜 그러나? 새로운 발견이잖아. 자네가 알고 싶어하던 고블린의 지식인데.”

“……그런 건가?”

“그래. 괴물에 한정된 것도 아니지만, 연구란 것은 본래— 꾸준한 실제 조사를 거듭해 쌓는 것이니.”

용의 서(드래고노미콘), 악마의 서(데모노미콘), 별종이라면 쥐 수인의 서(스케이븐).

손가락을 꼽아서 센 고전의 술사는 희한한 것을 본 어린애처럼 숨을 내쉬었다.

“자네라면 조만간 『살해 설명서(슬레이어즈 가이드)』를 쓸 수 있을걸?”

“흥미 없다.”

고블린 슬레이어는 역시 망설이지 않고 말했다.

어째서? 고전의 술사가 입술을 움직여 물었다.

“고블린의 원류를 찾아내 퍼뜨리면, 고블린 죽이기도 빨라질 텐데.”

그는 진작에 생각하고 정한 것을 태연하게 대답했다.

“그런 것을 하는 동안에, 고블린이 마을을 멸망시키니까.”

“——.”

이번에는 고전의 술사가 입을 다물 차례였다.

고블린 슬레이어에게는 그녀가 말을 잃은 것처럼 보였다.

그렇지만 그의 대답은 정해져 있었다. 5년 전, 아니 그보다도 훨씬 전부터.

“그리고 고블린이 어디서 오는지는 알고 있다.”

고블린 슬레이어가 말했다.

“녹색 달이다.”

그는 잘라 말했다. 누나의 말을 떠올렸다. 누나는 뭘 틀리는 법이 없었을 것이다.

“그렇게, 배웠다.”

“…….”

고전의 술사는 금방 대답하지 못했다.

그녀는 술을 들이켜고, 입가를 닦고, 불꽃에서 눈길을 피하듯 얼굴을 숙였다.

“세계 건너기(플레인즈 워크), 라.”

수수께끼 같은 말이었다. 마술사의 말은 모름지기 그런 법이다.

그리고 그녀는 대단히 굳어진— 어쩐지 억지로 지어낸 웃음을 지었다.

“그건 지어낸 이야기, 어린애 버릇을 고쳐주는 이야기. 웃고 넘어가는 것. ……아닌가?”

“나는 안 웃는다.”

“…….”

그리고 날이 밝을 때까지, 대화는 뚝 끊어졌다.

고전의 술사는 무엇 하나 말하지 않았고, 그 또한 말을 걸지 않았으니까.

이윽고, 아침 해의 첫 한 다발이 유적의 입구에서 쏟아져 들어왔다.

하얀 빛이 뱀처럼 자기 발치로 기어오자, 고블린 슬레이어는 일어섰다.

고블린의 잔당은 없다. 몰살시켰다. 이제는 마을로 돌아가 아가씨를 맡기고, 돌아가면 된다.

아가씨를 업은 고블린 슬레이어가 걷기 시작하자 고전의 술사는 말없이 그의 뒤를 따랐다.

유적 바깥으로 나오자, 나무들의 잎사귀 틈으로 햇빛이 바늘처럼 눈을 찔렀다.

철 투구의 면갑 안에서 눈을 가늘게 뜬 고블린 슬레이어는 천천히 숲 속으로 발을 들였다.

"구원의 어둠이야."

그 등을 따르면서, 문득 고전의 술사가 조용히 말했다.

"이 탁자(테이블)의 끝자락, 허무의 너머, 영원의 너머, 영겁의 탐구."

고블린 슬레이어는 그녀가 무슨 말을 하는 건지 도무지 알 수 없었다.

그 어조가 어쩐지 쓸쓸하게 들리는 것에 대해서도, 딱히 흥미를 느끼지 않았다.

"뭐, 여행은 길동무…… 라고 하지만, 누구나 같은 장소에 갈 수 있는 것도 아니니까."

그러니까 그런 대화도, 딱히 기억하고자 하지 않았다.

# 「접수원 아가씨가 고민스럽게 생각하는 이야기」



“……우우.”

재미없다고 말을 해선 안 된다는 건 잘 알고 있지만 무심코 입에서 숨결이 흘러나왔다.

오후의 모험가 길드. 점심 휴식 직후의 나른한, 이완된 공기가 떠도는 중이었다.

접수처 위에 엎드린 접수원 아가씨가 조용히 흘린 말을 옆 자리의 동료가 듣고서 말했다.

“뭔데뭔데? 무슨 얘기?”

“아무 얘기도 아니에요.”

지고신의 신자인 것치고 그녀는 눈을 반짝거리며 몸을 내밀었다.

장난감이 되는 건 사양이다.

접수원이 고개를 휙, 돌리자 그녀는 「아하하」 하며 웃었다.

“그 마음에 든 신입 때문이구나!”

“으…….”

정곡이었다.

설마 하니 인스피레이션(직감)의 기적이라도 사용한 게 아닐까 생각할 정도였다.

그건 지식신의 기적이었다고 생각했는데…….

"요즘 잘 안 오나 봐?"

"……그 말투는 또 뭔데요?"

씨익 미소 짓는 고양이처럼 — 그것도 쥐를 가지고 놀 때의 — 웃는 동료에게 입술을 삐죽거렸다.

그것은 마치 그가 찾아오는 걸 그녀가 애타게 기다리는 것 같지 않은가?

"뭐, 괜찮지 않을까? 모험가는 모험가의 인생이 있는 거니까."

동료가 웃었다. 어디서 싸우고, 어디서 죽을 것인가? 자신의 의지로 고를 권리가 있는 사람들이다.

접수원 아가씨는「알고 있어요」라며 더욱이 입술을 삐죽거렸다.

"의뢰는 평소처럼 완벽하고, 요즘에는 마법사의 일을 좀 돕느라 바쁜 모양이지만요."

"아아, 그거구나~."

—치명적(펌블)인 실수다.

씨익 친구의 웃음이 짙어지자, 접수원은 무심코 흘린 말에 내심 머리를 감싸 쥐었다.

딱히. 그렇다, 신경 쓸 일은 아니었다.

모험가가 여러 가지 일을 받거나, 선호하는 의뢰인이 있다. 기뻐할 일이 아닌가?

다만, 그것이, 그게, 뭐랄까.

—뭔가 답답하단 말이죠.

고전의 술사— 도시 변두리의 물레방앗간에 사는 괴팍한 마술사. 혹은 현자.

그녀가 연구의 조수로 그를 고용하여, 그가 쉴 틈 없이 오두막에 다니는 것은 알고 있었다.

애당초 그런 의뢰를 알선한 것이 자신이었다. 자신이다. 그렇기는 한데…….

—잘 어울리던데?

그런 소문을 듣게 되자 어째선지 가슴이 답답해졌다.

내일 일을 모르는 모험가. 연애와 음담패설, 시시한 소문 이야기는 귀중한 즐거움 중 하나다.

무책임하게 말하는 것은 당연한 일이고, 일일이 신경 쓰면 몸이 안 남아난다.

덤으로 애당초 그녀가 마녀를 통해서 소개를 했음에도, 다.

자신의 너무나도 제멋대로인 마음에 싫증이 날 지경이다. 아니, 애당초 자신과 그는 아무런 관계도 아니다.

그렇다. 그저 모험가와, 모험가 길드의 접수원에 지나지 않는다.

그런데 어쩐지 이렇게, 이것저것 생각하면서 고민하고 불만을 품는 것은 너무 일방적인 것이다.

—그거야…….

고블린 슬레이어. 그렇게 불리는 모험가는 괴팍하고 고블린고블린밖에 말을 안 한다.

뭔가 이상한 녀석. 그렇게 불려도 어쩔 수 없다고 접수원도 생각한다.

그런 인물과 다소 얼굴을 익히고 대화하는 그녀는 소수파였다.

그럼에도 만난 지 얼마 안 되어 가까워진 고전의 술사— 그녀는

© 2018 Shingo Adachi

어떤 인물일까?

길드에서 몬스터 매뉴얼 개정 의뢰를 했다는 얘기는 들어본 적이 있었다.

어느 고명한 마술사의 제자다, 라는 것도 들었다.

무슨 연구를 하고 있고, 좇고 있는 것은 분명했다. 마술사는 대부분 그렇다.

그러나 죽은 자의 여름을 끝낸 열두 기사와 연관된 천칭에 열중한다는 소문……은 아마 헛소리다.

천칭 자체는 흔해빠진 물건에 지나지 않는다. 그것을 발견한 기사들이 뛰어났을 뿐이다.

시조의 극락조를 찾아다닌다는 이야기가 그나마 신빙성이 있다.

어쨌거나 접수원은 그에 대해서 아무것도 모르며, 그녀에 대해서도 아무것도 모른다.

가슴 속의 답답함을 정리하지 못하는 것은 그게 제일 큰 원인이리라…….

"어머나, 건전하기도 해라."

동료는 그런 자신의 꼴을 보고 깔깔 웃으며 등을 가볍게 쓰다듬어 줬다.

뭔데요. 엎드린 채 고개를 옆으로 돌려 시선만으로 항의했다.

"우리는 『모험가 길드에 어서 오세요. 무슨 용건이신가요?』만 말하는 게 아니란 거야."

"하지만, 그게 일이잖아요?"

"일을 하는 건 살아가기 위해서잖아?'

"그건, 뭐 그렇지만요."

"그러면 즐겁게 하지 않으면 손해잖아. 고민하거나 사랑을 하면 되는 거야."

"사랑이라니……."

접수원은 무심코 쓴웃음을 지었다. 동료는— 이 친구는 너무 성급하다고 생각했다.

—성급해?

그런 생각이 머리를 스치자 접수원은 자기 볼이 화악 빨개지는 것을 느꼈다.

그녀는 자신이 품은 마음에 아직 이름을 붙이지 못하고 있건만.

"—실례."

그때였다.

덜커덩 문이 열리는 소리가 나고, 걸어오는 속도로 길드에 미끄러져 들어온 사람이 있었다.

접수원이 눈을 깜빡였다.

지저분한 로브로 얼굴을 가리고, 경치에서 오려낸 것처럼 떠오른— 신기한 존재감.

"좀, 부탁할 일이 있어서 말이지. 얼마 안 가서 필요해질지도 모르니."

고전의 술사가 그렇게 말하자 접수원은 무심코 「네?」라며 고개를 끄덕였다.

# 제 4 장 『의뢰인(존슨)과 모험가(러너)의 관계』

Goblin Slayer YEAR ONE The Dice is Cast.

"나갔다 오겠다."

"아, 응……."

벌써? 그 말을 소치기 소녀는 삼키고, 동틀 녘의 흐린 어둠 사이로 물러가는 그의 등을 배웅했다.

또 대화가 없다. 아침도 안 먹는다. 물론 어젯밤 식사도 안 했다.

—돌아와주기는, 하게 되었으니 그나마 좋지만…….

소치기 소녀는 울적한 한숨을 쉬고 그 풍만한 가슴을 뭉개는 것처럼 식탁에 엎드렸다.

가끔은 방에서 잔다. 다시 만났을 무렵하고는 분위기도 바뀐 것 같다. 그렇지만…….

—멋대로 이것저것 밀어붙이는 건, 민폐인 걸까?

그런 식으로 생각해버리는 건 어쩔 수 없는 일이다.

역시, 뭔가 이상했다.

치명적인 부분— 그는 그저 모험가가 된 것이 아닌 것 아닐까? 싶다.

소치기 소녀도 길드에 간다. 그래서 귀에 들리는 말이 있다.

고블린 슬레이어.

고블린을 죽이는 자.

어째서? 라고 물어볼 필요도 없었다.

물어보고 싶은 것은 어떻게 해주면 될까? 였다.

마차를 타고 마을을 떠났을 때 뒤돌아본 경치를 떠올렸다.

저녁, 그와 말다툼을 해서 울리고 울어버렸을 때.

이제는 완전히 흐릿해져서, 자세한 모습이 애매해진 아빠와 엄마의 얼굴.

텅 빈 채 땅에 묻힌 관.

그 기억 속에 고블린이 고향을 멸망시킨 광경은 없었다.

없는 것이다.

그저 텅 빈, 열심히 만든 모래성에 물을 부은 것처럼 그런 공백만 있었다.

"…………하아."

지나친 참견, 인 걸까?

소치기 소녀는 머리만 슬쩍 굴려서 부엌을 보았다.

냄비에는 스튜가 듬뿍 들어 있고, 데울 때를 기다리고 있었다.

그때, 그가 너덜너덜해져서 돌아왔을 때는 기쁘게 먹어줬다고 생각한다.

그냥 소망일지도 모른다. 그렇게 생각하고 싶은, 걸까?

"……모르겠, 어어."

그에 대해서도. 모험에 대해서도.

그런 것을 생각하는 사이에도 날이 밝아온다.

창 밖의 빛은 하얗게 변했고, 이제 슬슬 백부도 깨어날 무렵이었다.

"……삼촌 아침 식사 준비, 해야지."

—애인이라도 생긴 걸지도 모르지. 창부한테 들이붓는 일도—.

"…………!"

문득 떠오른 백부의 말에 그녀는 식탁을 타앙, 두드리면서 몸을 일으켰다.

얼굴이 뜨겁다. 너무나 뜨겁다. 분명히 새빨개졌을 것이다. 소치기 소녀는 머리를 붕붕 옆으로 흔들었다.

"어, 얼굴, 씻고 와야지……!"

그 기세 그대로 그녀는 현관에서 뛰쳐나가, 그리고—.

"……어라?"

낯선 것을 보고, 문득 발길을 멈추었다.

부서져 있기에 얼른 고쳐야겠다고 생각했던 울타리가 거칠게 응급처치가 되어 있었다.

"……?"

소치기 소녀는 조금 생각했지만, 백부가 고쳤을 거라 생각하고 금방 우물을 향해서 달려갔다.

§

평소와 같은 장소에, 마찬가지로 그 오두막이 있었다.

삐걱삐걱 소리를 내면서 물레방아가 돌고, 굴뚝에서는 연기를 토하고 있었다. 작은 집이다.

아침 안개가 우유를 흘린 것처럼 떠도는 가운데, 고블린 슬레이어는 거침없이 문까지 걸어갔다.

난폭하게 노커를 쿵쿵 두드리자 안에서 「들어와」라는 소리가 울렸다.

고블린 슬레이어는 문을 열고, 쌓아 올린 책 탓에 어두워진 방으로 발을 들였다.

고물인 것을 한눈에 알 수 있지만, 용도는 알 수 없는 물건의 산을 무너뜨리지 않도록 안으로 또 안으로.

"아아, 미안하군. 지금 손을 뗄 수가 없어서."

고전의 술사는 그런 굴 가장 안쪽에서 책상 앞에서 끊임없이 손을 움직이고 있었다.

손가락이 마법처럼 번뜩이며 카드를 다루고, 뒤집고, 방향을 바꾸고, 되돌리고, 모아서 산처럼 쌓는다.

갖가지 괴물이나 풍경이 그려진 그림 카드를 그녀는 손속임처럼 다루고 있었다.

"사과주를 가져왔다."

"아아, 거기 어디 두겠나."

이쪽을 보지도 않고 말하자 고블린 슬레이어는 술병을 적당한 곳에 두었다.

발치에 빈 병이 몇 개나 굴러다니며 달콤한 향기가 떠돌았다.

사과와 약이 뒤섞인 그녀의 냄새다.

"그리고, 부탁했던 물건이다."

고블린 슬레이어는 가방을 뒤져서 작은 마 주머니를 꺼냈다.

주머니 입구는 단단히 여며놓았지만, 방 안에 미약한 악취가 섞이기 시작했다.

물론 그것은 지저분한 차림새인 그가 있는 탓일지도 모르지만…….

"고블린 놈들의 똥이다."

"아아, 거기 어디 두겠나."

지독하게 담백한 태도였지만, 그는 딱히 신경 쓰지 않고 고개를 끄덕이더니 자루를 적당한 곳에 두었다.

요 며칠은 언제나 이랬다.

몬스터 매뉴얼에서 고블린에 대해 할애하는 지면은 적다.

그러나 그것은 「조사하지 않고 써도 된다」는 것이 아니다— 라고 그녀가 말했다.

고블린에 연관된 물건을 회수하고 전달한다. 보수를 받는다.

어디에 두었는지 말하지 않아도, 다음에 찾아오면 그 물건은 없어져 있었다. 문제는 없으리라고 그는 생각했다.

"보수는?"

"아아, 응. 그렇지."

애매한 맞장구. 고블린 슬레이어는 이어지는 말을 참을성 있게 기다렸다.

그녀의 작은 등을 잠시 보고 있는데 문득 「아아」 하고 생각난 것처럼 말했다.

"거기 있는 두루마리, 가져가도 좋아."

필요 없는 걸 내던지는 것처럼 말했지만, 그는 「알았다」라고 응답했다.

그녀의 말에 따라 「거기」를 보니, 과연 정성스레 말아놓은 두루마리가 몇 개나 쌓여 있었다.

"아무거나 괜찮은 건가?"

"아무거나 괜찮아."
"흠."
고블린 슬레이어는 잠시 생각하고, 산이 무너지지 않도록 가장 위의 두루마리를 적당히 집었다.
양피지일까? 단순한 장정이 되어 있고 기괴한 방식의 매듭이 된 장식끈으로 묶여 있었다.
이른바 마법의 스크롤이리라. 고블린 슬레이어도 실물은 처음 보았다.
"이것은?"
"알맹이에 대해서는 거리의 마법사한테 적당히 물어봐."
그리고 고전의 술사는 그를 의식 바깥으로 내쫓아버리고 말았다.
차례차례 카드가 뒤집히면서 탁상을 춤추고, 빙글빙글 앞뒤 위치를 바꾸면서 이윽고 겹쳐 쌓였다.
번뜩이는 그녀의 손가락에서 그 등불의 반지가 빛나고 있었다. 안에서 타오르는 것처럼.
고블린 슬레이어는 얼마 동안 그것을 바라보았지만, 돌아갈 것을 고하고 방을 등졌다.
문을 여는 찰나에, 안에서 「또 봐」라는 소리가 들렸다. 인사였으리라.
아마도.

§

"……뭔, 데?"

주점을 찾은 고블린 슬레이어에게서 담백한 마녀의 말이 날아들었다.

구석 자리에서 벽에 지팡이를 세워두고, 우아하게 다리를 꼬고 앉아 나른하게 쉬는 모습.

역시 눈에 띄는 것일까? 다른 모험가들이 힐끔거리며 시선을 보냈다.

신입, 그것도 단독인 여성 마술사라면 말을 걸려는 모험가도 많으리라.

그러나 그런 그들의 눈도 맞은편에 선 지저분한 갑옷 차림을 보더니 돌아가 버렸다.

마녀는 어쩐지 초조한 기색으로 머리칼을 매만지고, 시선을 모자챙으로 가리면서 그를 보았다.

"또…… 감정……이, 야?"

"그래."

고블린 슬레이어가 수긍했다. 그리고 조금 생각한 다음에 덧붙였다.

"부탁할 수 있겠나."

"……그렇, 네."

슥, 아름다운 손이 나선다. 보여줘, 라는 것이리라.

고블린 슬레이어는 가방에서 아까 받은 두루마리를 꺼내 건넸다.

"그…… 사람, 한테……서?"

"그래."

"그래……."

마녀는 고개를 끄덕이고 두루마리를 손 안에서 빙글빙글 돌리더니 호오, 나른한 숨을 내쉬었다.

"……그 사, 람. 별나……지?"

고블린 슬레이어는 대답하지 않았다.

그는 대답할 수 있을 정도로 사람이란 것을 몰랐다. 그녀를 몰랐다.

그래서 조금 생각한 다음에. 「그런가」라고 짧게 말했다. 마녀는 고개를 끄덕였다.

"대단, 히…… 대, 단히. ……말야."

그녀는 두루마리를 탁상에 놓고 옷 안쪽에서 기다란 곰방대를 꺼냈다.

그리고 우아한 손놀림으로 부싯돌을 때려서 불을 붙였다.

"그렇게, 될 수 있는…… 사람. 적거, 든. 섭리……의, 바깥. 거기는, 대단히, 무서……우니까."

달콤한 연기를 풍기면서, 마녀가 말했다.

"모르니까…… 그래. 보러, 갈 수 있는 사람……은, 굉장……한, 거야."

고블린 슬레이어는 역시 무슨 말인지 알 수 없었다.

"그래서, 무슨 두루마리지?"

"후, 후. ……이거, 말야."

마녀는 슥, 손톱 끝으로 두루마리를 살며시 찔렀다.

"《게이트》의…… 두루마리, 야."

“…………흠.”

“백지. ……발굴 된, 거.”

그것은 모험가가 예산에 더하고자 팔아 치우는 두루마리 가운데, 특별히 남기고자 하는 물건이었다.

잊혀진 《게이트》의 주문을 누구나 행사할 수 있는, 그야말로 마법(매직)의 물건(아이템).

마신의 탑이든, 대마술사의 지하미궁이든, 한순간에 탈출할 수 있다.

하나 있으면 목숨을 구할 수 있다. 돌아오면 또 도전할 수 있다. 그 기회가 바로 천금이리니.

하물며 새내기 모험가에게는 사용하든 팔든 꿈만 같은 물품이다.

“……그런 건가?”

잘 이해 못한 고블린 슬레이어에게 그녀는 「그렇, 네」라고 중얼거리고 말을 이었다.

“행선지, 쓰면…… 어디, 든지 갈 수 있, 어. ……이 세상, 안……에서, 만.”

하지만 생각을 하고 써야 한다. 마녀는 키득 웃으며 흘렸다.

“해저…… 유적, 가려고 했다, 가? 이어진 곳…… 물에, 빠지거나, 쓸려가, 거나.”

어떻게든 문으로 뛰어들어도, 짓눌려버리거나…….

딱히 《게이트》만 그런 것이 아니다. 생각 없이 마술을 다루면 뭐든지 죽는 것이다.

지성이 부족한 자가 마술사가 될 수 없는 것은 바로 이런 이유였다.

자신이 가진 패, 써야 할 때, 무슨 일이 일어나는가, 생각하고 예측하고 결과를 이끌어내어— 수행을 쌓는다.

현자의 학원, 상아탑에 진리가 없다는 것은 극단적인 의견이긴 하다.

지식과 경험은 지성의 양쪽 바퀴다. 어느 쪽이 빠져도 나아가지 못한다.

따라서, 실천을 바라는 미숙한 마술사가 세상에 나오는 것은 당연한 일이었다.

알아야 한다. 뭐든지. 모든 것을. 따라서 미지의 영역에 발을 들인다.

그것을 칭송하면 했지, 비웃어서는 안 될 일이다. 본래는.

고블린 슬레이어는 마녀도 그런 사람 중 하나인가 생각했다. 그러나, 알 수 없었다.

다른 누군가의 내력 따위, 섣불리 함부로 흥미를 가져선 안 되는 것이다.

"……그래, 서. 어떡……할 거야?"

"어떻게 한다는 것은?"

문득 묻는 말에, 고블린 슬레이어는 앵무새처럼 되물었다.

"행선, 지……. 안 쓰면, 못 쓰……니, 까?"

마녀의 눈동자가 흔들렸다. 챙이 넓은 모자에 가려져서 스며 나오는 표정은 알 수 없었지만.

"행선지……."

"그래."

마녀는 곰방대를 빨고, 달콤한 냄새를 자신이 두르는 것처럼 연기를 뱉었다.

동시에, 노래하는 것처럼 말이 공중을 떠돌았다.

"여기가 아닌 언젠가. 지금이 아닌 어딘가. 궁극의 하나. 이르기 위한 문――의, 모조품."

말이 마치 공중을 춤추는 것처럼, 연기와 함께 떠돌고 사라졌다.

"그, 러니까…… 행선지를, 써……야. ……해."

"……."

고블린 슬레이어는 낮게 신음했다.

"모르겠군."

"그래……."

마녀는 긴 속눈썹을 흔들면서 눈을 깜빡였다.

"팔 거, 야……?"

"그것도 모르겠다."

고블린 슬레이어는 짧게 말하고 천천히 고개를 옆으로 저었다.

"생각하고, 정하겠다."

마녀가 고개를 끄덕이고 살며시 두루마리를 내밀었다. 그것을 고블린 슬레이어는 손으로 막았다.

"나는 두루마리에 주문 따위를 쓰는 기능이 없다."

맡아다오. 그런 뜻이리라.

마녀는 조금 생각한 다음, 두루마리를 받아서 풍만한 가슴 사이에 끼워 넣는 것처럼 넣었다.

"의뢰할 수 있겠나?"

"조……금…… 시간, 이. 걸릴……지, 도?"

"그런가."

"이제부터, 모험(데이트)……이, 야."

"그런가."

그리고 사례의 선금으로 금화를 몇 닢 두고 그 자리를 등졌다.

§

"당신은."

접수원 아가씨는 어색한 표정에 미소를 붙이고 말했다.

"근사한 모험가로 평가 받고 있어요."

"정말인가요?!"

"네, 장래가 유망하고 눈여겨볼 만하다고, 다들 이야기를……."

"이야아, 그런가요! 해냈다……! 볼 줄 아는 녀석들은 보고 있구나!"

"그래서, 꼭 당신과 파티를 짜고 싶다고 말씀하시는 분이 있는데요."

"어떤 녀석…… 아니, 어떤 사람이죠?!"

"당신의 역량에 걸맞은, 재능 있는 마법사 분이랍니다. 그 분이요, 예전에 임시로……."

"아아, 그 마녀……!"

창을 등에 진 경장의 모험가는 금방 그것을 깨달은 모양이다.

다행이야. 접수원은 내심 가슴을 쓸어 내렸다. 볼이 경련한다. 아직 무너뜨릴 수 없다.

"그녀는 어떤가요? 좋은 모험가였죠?"

"네, 물론!"

창잡이는 가슴을 쭉 폈다.

"실력 좋은 마술사였다고 생각합니다!"

그것이 얼마나 진실인지, 접수원은 알 수 없었다.

그녀는 실제로 모험이란 것을 본 적이 없었다.

종이와 펜을 이용한 것이 그녀의 싸움이며 모험이니까.

—그리고 교섭, 이겠죠.

접수원은 열심히 볼을 끌어올리고 파르르 떨면서 말했다.

"그래서, 어떤가요? 괜찮다면 또 그녀와 파티를 짜보지 않으시겠어요?"

"맡겨 주세요! 저한테 마술이 있으면 완전히 날개 달린 호랑이! 실망 안 하실 겁니다!"

누가 의지하는 것이 기쁜 건지, 창잡이는 함박웃음을 지으며 몇 번이나 고개를 끄덕였다.

그에게는 타산의 그림자가 보이지 않았다.

"부디 잘 부탁드립니다."

접수원도 고개를 숙였다. 조금 미안한 생각이 들었다.

"그럼!"

인사를 하더니 도저히 가만히 있을 수 없는지 창잡이가 곧장 달려갔다.

"아, 그녀는 주점에 있을 거예요!"

접수원은 그 등에 말을 걸고서 「하후」 숨을 흘리더니 그대로 카운터에 엎드렸다.

거짓말은 안 했다. 무엇 하나 거짓말은 안 했다.

창잡이의 평가가 좋은 것은 사실. 실력이 좋은 것도 사실. 마녀가 파티를 짜고 싶어 하는 것도 사실. 사실이다.

무심코 「몰캉」 하고 양손으로 볼을 문질러버렸다. 지어낸 웃음만 짓느라고 지쳐버렸다.

그 창잡이는 그렇다 치고, 경박한 모험가들 중에는 말만 거창한 사람이 많으니까.

교묘하게 행동하여 사람들이 좋게 보도록 움직이며, 책임과 고생은 피하고 편하게 이익을 가로챈다.

딱히 그것은 누구에게나 있는 측면이니까 탓할 일은 아니다.

그것을 멋지다고 생각하는 것은 자유겠지만…….

—제가 호감을 가지는지 아닌지도 자유란 말이죠.

다만, 저 창잡이 모험가는 실적이 있다. 신용도 하고 싶다. 태도를 뺀다면 말이다.

안 그러면, 이런 식으로 배려를 하지는 않을 테니까.

"지쳤어?"

"……네."

옆 자리에 앉은 동료가 쓴웃음 짓는 기색으로 말을 걸었다.

"하긴, 모험가도 이런저런 사람이 있으니까. 일일이 신경 쓰지 않는 편이 좋을걸?"

"그건…… 알고 있지만요."

결국 일이라고 동료가 말한다.

마음에 드는 모험가든, 싫은 모험가든, 언젠가는 죽을지도 모른다.

신들의 주사위는 모두 평등하며, 따라서 개인의 노력 유무가 가능성을 좌우한다.

그렇기에, 상대가 요청했을 때가 아니면 함부로 참견하면 안 된다.

우리들은, 그 정도로 잘난 입장에 있는 것이 아니니까…….

그것은 모험가 길드의 직원으로서 처음에 배우는 것 중 하나다. 접수원도 이해는 하고 있었다.

—이해하고는, 있는데 말이죠…….

"……차, 타올게요."

"야호! 내 것도 부탁해."

"네, 네."

빈틈없이 자기 것도 요구하는 동료에게 수긍한 접수원이 일어섰다.

카운터를 비웠다는 팻말을 걸어두고 안으로 들어섰다.

직접 끓여도 되겠지만…….

—조금 반칙, 해버릴까요.

주점의 주방에 찾아가서 끓인 물을 나눠 받았다. 레아 요리사는 인심이 좋다.

그렇게 찻잎이 열릴 때까지 기다렸다가 좋아하는 컵에 따르고, 그녀는 얼른 접수처로 돌아왔다.

"자, 여기요."

"와아! 고마워!"

좋다고 컵을 받은 동료가 「다과는?」이라고 요구하는 걸 무시.

접수원은 자기 자리로 돌아가 살며시 컵에 입을—.

"아!"

달칵. 받침에 컵을 놓고 일어섰다.

길드의 인파, 그 너머에서 이쪽으로 성큼성큼 다가오는 검은 그림자.

지저분한 가죽 갑옷, 싸구려 철 투구. 허리에는 어중간한 길이의 검을 차고, 팔에는 자그마한 원형 방패.

고블린 슬레이어.

그렇게 불리게 된 모험가였다.

걸어오는 그에게 접수원은 허리 높이에서 작게 손을 흔들었다. 동료에게 들키고 얼굴을 붉혔다.

"저기, 그러면."

자세를 고쳤다.

"오, 오늘은 무슨 일이신가요?"

"고블린이다."

짧은 한 마디. 평소와 같은 말이다. 접수원은 아까와 다른 이유로 볼이 떨리는 걸 느꼈다.

"하지만, 요전에도 고블린……이었죠."

분명히…… 서류를 들춰볼 것도 없었다.

그는 고블린 퇴치가 아닌 의뢰를 거의 받지 않으니까.

그렇지 않다면 고블린 슬레이어라고 불리지도 않으리라.

"이제 그만 다른 의뢰는 어떤가요? 저기, 만티코어라든가……!"

"아니."

그는 고개를 옆으로 저었다.

"고블린이다."

우우웅……. 접수원이 고민스럽게 입술을 삐죽거렸다.

요즘에 그 마술사 집에 다니고 있으니까 조금 변하지 않았을까 생각했는데…….

“알겠습니다.”

이윽고 그녀는 포기했는지 깊숙한 숨을 내뱉고 수긍했다.

“그러면, 잠깐 찾아볼게요. ……아, 괜찮으면 차 드세요.”

“그래.”

다행히 아직 컵에 입을 대기 직전이었다. 접수원은 홍차를 내밀고 곧장 서류를 넘겼다.

세상에 고블린 퇴치 의뢰는 끊이지 않는다.

농담 섞어서「신입 모험가 한 팀에 고블린 소굴 하나」라고 할 정도로 수가 많다.

“저기, 이거…… 그러니까 오늘은 둘이네요. 있는데요.”

“둘 다 받지.”

의뢰서를 보지도 않고 단언하자 접수원은 또 쓴웃음을 지었다.

그렇지만 모험가가 고블린 퇴치를 받아준다면 그것을 거부할 수는 없다.

애당초, 그는 일을 분명하게 처리해준다. —그 창잡이와 마찬가지로.

“그러면, 나는 간다.”

“아, 네! 조심해서 다녀오세요!”

짧게 수속만 마치고, 왔을 때처럼 성큼성큼 물러가는 고블린 슬레이어.

“붙임성 없네.”

그 등을 본 동료가 쓴웃음.

"그렇네요."

접수원도 동의했다.

잡담 없음. 필요한 것뿐. 그리고 할 일은 한다. 그리고…….

—컵은, 깔끔하게 비웠……네요.

철 투구 너머로 어떻게 마셨는지는 모르겠지만, 그것이 어쩐지 너무나 기뻐서.

"……후훗."

접수원은 오후부터 밤까지, 들뜨고 신이 나서 일을 맡았다.

§

"GOROOGORO!!"

"흥."

소리를 지르며 뛰어드는 고블린을 방패로 받아내고 튕겨냈다.

개체마다 비거리가 그리 다르지도 않다. 동굴 천장에서 드러난 나무뿌리를 붙잡았다고 해도.

따라서 학습하면 예측이 가능하다.

고블린 슬레이어는 방패로 때려 떨어뜨린 고블린 위에 올라타 목을 찔렀다.

"GOBGRG?!"

피를 뿜어내고 부글부글 빠지면서 숨이 끊어지는 고블린을 내려다보며 그는 잘라 말했다.

"셋."

특별한 고블린 퇴치 따위가 있을 리도 없다.

딱히 특필할 것도 없다. 그가 찾아온 것은 농촌 가까운 곳에 생겼다는 고블린의 둥지였다.

고전의 술사를 찾아가고, 길드에 얼굴을 비추고, 식량을 조달하고, 출발. 마을에서 인사를 나누고 동굴로.

소굴에 들어선 것은 저녁 무렵, 고블린 슬레이어는 고블린 놈들의 저항을 각오하고 있었다.

밤의 어둠은 기도하지 않는 자 놈들의 영역이다.

"……흐흠."

그러나 고블린 슬레이어는 죽인 고블린의 시체를 걷어차 구석으로 치우면서 의문을 품었다.

아무래도 생각보다 파수꾼의 수가 적다.

—고블린 놈들은 밤에 움직이는 것이 아니었던가?

어둠을 내다보는 눈을 가지고, 야음을 틈타 마을을 습격하며, 가축이나 작물, 아가씨를 잡아간다.

그것이 고블린이다. 어린애도 알고 있다. 그러나…….

"……."

그래서인가?

그는 문득 직감처럼 번득인 생각에 「아니, 설마」라고 고개를 옆으로 저었다.

억측으로 단정해선 안 된다.

관찰하고, 확인해라. 꾸준히 거듭해 쌓아라. 그렇게 배우지 않았는가?

그는 목젖을 찌른 칼날을 뽑아 고블린의 허리 천으로 피를 닦고 다시 쥐었다.

허리를 깊숙하게 낮추고 한 걸음씩 신중하게, 또 신중하게 걸음을 나아간다.

오물을 빼면 벌레나 박쥐의 똥은 없다. 작은 생물은 아마도 놈들의 식사가 되었기 때문일 것이다.

그다지 큰 동굴이 아니다. 그는 횃불 하나가 타들어가는 것보다 빠르게 목적한 방에 이르렀다.

"역시."

무심코 목소리가 흘러나왔다. 아까 느낀 직감은 옳았다.

—자고 있다.

그곳은 고블린의 침실 — 용도만 말하자면 — 이었다.

동굴 안쪽의 공간에 고블린 놈들이 다섯, 여섯 마리. 바닥에 드러누워서 코를 골아대고 있었다.

—고블린에게, 지금은「새벽」이군.

고블린 놈들은 언젠가부터, 모험가 놈들이 낮에 쳐들어오는 것을 인식하고 있는 것이 틀림없었다.

그렇다면「한밤중」을 경계하는 것은 당연한 일— 사람도 마찬가지다. 밤의 경비는 중요한 역할이다.

그러나,「이른 아침」이라면…… 어떨까?

—근면한 고블린 따위는 없다.

소수의 파수꾼도 잠에 취한 눈. 역할을 떠넘긴 나머지 고블린은 꿈나라.

일부러 일찍 일어나 동료를 위해 고생을 아끼지 않고 일하는 것 따위, 고블린은 생각지도 못하리라.

말을 가진 자가 아닌…… 고블린 따위는—.

문득, 뇌리에 누군가의 얼굴이 스쳤다. 그 아이. 오늘도 기다리고 있을까? 목장에서. 아침까지.

그는 횃불을 살며시 땅에 놓고, 검을 역수로 겨누어 살며시 안으로 발을 들였다.

그리고 가까운 한 마리의 입가에 손을 두르고 동시에 목젖에 칼날을 박아 파헤쳤다.

“GBBG?!”

눈을 부릅뜬 고블린이 뭐라고 외치고자 입을 열었지만, 그저 부글부글거리는 탁한 소리만 흘러나왔다.

그것마저도 손으로 억눌러 목소리가 되지 못하고, 이윽고 축 이완되어 숨이 끊어졌다.

“……넷.”

소리 없이, 눈치 못 채도록, 깨우지 않도록, 조용하고 신속하게 행동해야 한다.

숨을 죽이고, 발소리를 죽이고, 고블린 슬레이어는 자비 깊을 만큼 기계적으로 그 작업에 몰두했다.

신경이 갈려나가는 행위다. 따라서, 담담하게 작업을 반복할 필요가 있었다.

조심해야 할 것은 조심하고, 그밖에는 의식을 주지 않는다. 그것으로 정신력 소모를 막을 수 있다.

"다섯……인가."

또 한 마리, 고블린 슬레이어는 고블린을 해치웠다.

손맛이 지독하다. 검의 칼날이 피와 지방으로 무뎌진 것을 확인한 그는 혀를 차고 검을 버리—.

"GOBBGR……."

문득 방의 구석에서 꿈틀거리는 것을 보고, 고블린 슬레이어는 반사적으로 검을 던졌다.

어둠을 가르고 날아간 칼날은 푹, 둔탁한 소리를 내면서 고블린의 목에 파고들어 그 목숨을 빼앗았다.

꿈과 현실을 구분하지도 못한 채, 그 고블린은 뒤로 쓰러지며 무너져 죽었다.

풀썩 쓰러지는 소리에 고블린 슬레이어는 긴장하며 발치에 굴러다니던 곤봉을 움켜쥐었다.

몸을 낮게 낮추고, 잔향음이 완전히 사라질 때까지 살아남은 고블린 놈들을 주시했다.

"GOBGR?!"

한 마리가 소리를 흘렸다. 오른손에 힘을 준다. 고블린이 중얼중얼 뭐라고 하면서 뒤척였다.

고블린 슬레이어는 천천히 숨을 내쉬었다.

나머지는 세 마리.

수고는 들지만, 그것을 아끼는 발상은 그에게 없었다.

차라리 물로 모두 휩쓸어 버릴 수 있다면 조금 효율이 좋아지겠지만—.

"……흠."

생각해볼 가치가 있다. 고블린 슬레이어는 고개를 끄덕이고 나머지 세 마리에게 다가갔다.

한밤중이 되기 전에, 모든 것이 끝났다.

§

"아아, 정말. 좀 늦어 버렸어……!"

목장에서 도시까지 그다지 먼 거리는 아니지만, 준비하는데 시간이 걸리면 서두를 필요가 생긴다.

그러나 짐의 양을 생각하면 말을 쓸 정도는 아니다.

결국, 소치기 소녀는 낑낑거리며 짐수레를 끌게 되었다.

—근육이 생기겠어.

뭐, 나쁜 것은 아니고 일을 하다 보면 자연히 붙는 법이지만.

그야 그렇다지만 여자애로서는 어떤 걸까…….

문득 생각한 그녀는 자신이 그런 것을 생각한 사실이 우스워서 키득 웃었다.

—전에는 그런 거 전혀 신경 쓰지도 않았는데.

후우후우 숨을 쉬면서 이마에 스며 나온 땀을 닦고 길드의 뒤쪽으로 돌아가 짐수레를 세웠다.

물론 이걸로 끝이 아니다. 짐을 내리는 작업이 기다린다.

세상에는 펼치기만 해도 요리가 나오는 보자기, 무한히 죽이 채워지는 숟가락 같은 것도 있다고 한다.

그러나 모험가 길드의 주점에 그런 것은 없다. 다시 말해서 식재료를 매일매일 사용한다는 것이다.

영차. 상자와 통을 들어 올려서, 내리고, 또 들어 올려서, 내린다.

도시에 있는 모험가의 즐거움은 먹는 것, 마시는 것이니까 양이 많은 것은 어쩔 수 없다.

한 차례 짐을 내리고 수속을 마치자 땀이 스며 나오는 걸 넘어서 온몸이 흠뻑 젖었다.

소치기 소녀는 견디지 못하고 가까운 통에 앉아 힘이 빠져 벽에 기댔다.

"후이……. 지, 쳤어어어……."

젖은 셔츠가 착 달라붙어서 흐트러진 옷깃을 펼치고, 팔락팔락 흔들어서 가슴에 바람을 넣었다.

하늘을 보니 저녁도 금방이다. 바람이 달아오른 볼과 이마를 솔솔 쓰다듬어 기분이 좋았다.

이어서 시선을 옆으로 돌리자 모험가들이 보였다.

가는 건지, 돌아온 건지. 길드에 출입하는 제각각의 장비를 갖춘 그들.

그들 중에 뿔이 부러진 싸구려 철 투구를 찾아 소치기 소녀는 눈에 힘을 주었다.

—없구, 나.

뭐, 알고 있던 일이다. 아니, 그렇게 생각하고 싶었던 걸까?

요즘 들어서 그가 돌아오는 것은 동틀 녘이 가까운 무렵이었다.

오늘도 이른 아침에 나갔으니, 오늘밤은 분명히 돌아오지 않으리라.

애당초 저녁 때 도시로 돌아왔다면 아침까지 집으로 돌아오지 않고 무엇을 한단 말인가— 라고 생각하니.

"……우읏."

그가 여성과 둘이 있는 모습이 애매한 낙서처럼 상상되어서 답답해지고 볼에 열이 올랐다.

—정말이지, 삼촌이 이상한 소리를 해서 그래…….

별 뜻 없이 한 말이, 아무래도 뇌리에 남아서 좋지 않았다.

남자란 것은, 분명히, 그거야, 그런 일도 할지 모르지만…….

소치기 소녀는 머리를 붕붕 흔들고, 파렴치한 망상을 떨쳐냈다.

"야, 그거 아냐?"

"뭐가?"

"고블린 슬레이어."

그러는데 이런 대화가 들렸으니 그녀는 흠칫 귀를 기울였다.

숨을 죽이고 발소리를 조심하면서, 통에서 내려 벽을 따라 걸어가 살며시 너머를 살폈다.

길드의 입구에서 대화하는 모험가들이다.

보아하니 젊은 전사와…… 상대 모험가는, 소치기 소녀는 직업도 잘 알 수 없었다.

가죽 갑옷을 입고 허리에 검을 찼다. 투구를 허리에 걸었다. 하지만 그 정도였다.

그가 전사인지 척후인지, 애당초 두 직업의 차이도 그녀는 잘 몰랐다.

모험가다. 그녀는 눈을 크게 뜨고 이유도 모른 채 벽에 모습을 숨겼다.

"그게 누구더라?"

"그 녀석, 그 고블린 퇴치만 하는 녀석."

"어어…………?"

"나랑 같은 날에 모험가가 된…… 어어, 투구 안 벗는 녀석."

"아아, 그 지저분한 녀석."

소치기 소녀는 뭔가 말하고 싶었지만, 뛰쳐나갈 용기가 전혀 없었다.

의미도 없이 괜히 높아지는 긴장과 가슴의 고동을 심호흡을 해서 얼버무리고 달랬다.

그는 고블린 슬레이어라고 불린다. 알고 있었다. 괜찮아. 알고 있어.

"그래서, 그 고블린 킬러가 어쨌는데?"

"고블린 슬레이어라니까."

젊은 전사가 표정을 찌푸렸다.

"아니, 요즘 그 녀석이 시냇가의 오두막에 다닌다던데."

"시냇가……."

상대 모험가가 조금 생각했다.

"그 괴팍한 여자가 있는 곳?"

여자.

소치기 소녀는 숨을 삼켰다. 느슨히 풀었던 가슴팍의 옷을 꾸욱 움켜쥐었다.

아니, 아직 이르다. 뭘 판단할 때가 아니다. 기다려야 한다. 응.

"알고 있었어?"

"별종이지. 뭔지 모를 연구를 하는 현자(세이지)인지 마술사(메이지)인지라더라."

모험가는 그 여성에게 무슨 싫은 추억이 있는지, 노골적인 씁쓸한 어조로 말했다.

"딱 한 번 감정을 부탁했는데『보면 아는 물건을 감정할 필요 없다』라던데."

"쫓겨났냐?"

"문전박대."

"어차피 고물 같은 거였지?"

"써봐도 아무 일도 안 일어나기에 가져갔지……. 뭐, 분명히 그런 지팡이긴 했지만 말야."

"마법의 지팡이(매직 스태프)란 거군. 그래서 효과는?"

"가지고 있으면 안 넘어져."

두 모험가가「하하하」메마른 웃음소리를 냈다.

무슨 농담일까? 지팡이는 안 넘어지려고 짚는 것이다.

소치기 소녀는 대화의 의미를 전혀 이해 못하고, 초조하게 발끝으로 돌바닥을 찼다.

듣고 싶은 건 그게 아니다. 좀 더 빨리, 그 다음을. 가르쳐주면 좋겠다.

"그래서, 어째서 그…… 뭐라고?"

"고블린 슬레이어."

"그래. 고블린 슬레이어를 왜 신경 쓰는데?"

"뭐, 동기 같은 거니까……."

젊은 전사는 뭐라 말하기 어려운 표정으로 중얼거렸다.
"파티라도 짰나 조금 신경 쓰이더라."
"너도 솔로(단독)니까. 파티는 안 짜? 소개해줄까?"
"아니, 나는."
그는 천천히 고개를 좌우로 흔들었다.
"당분간은 이대로도 괜찮아."
"그러냐."
상대 모험가는 심술궂은 웃음을 지었다.
"신입을 챙기느라 벅찬 거구만. 그 은발 애를 노리는 거냐?"
"딱히 그런 거 아니야."
젊은 전사는 분연하게 말하더니, 맥 빠진 웃음을 지었다.
"뭐 나는 됐어. 그래서, 그 마술사랑 파티를 짠 거야?"
그래, 그거. 소치기 소녀는 마른 침을 꿀꺽 삼키고 건물 뒤에서 살짝 몸을 내밀었다.
"글쎄다. 도저히 그런 타입의 여자로 보이진 않던데."
다행이라고 해야 할까? 모험가는 기억을 돌이켜보는 것에 열중하여 이쪽을 눈치 못 챘다.
소치기 소녀는 어렸을 때 들은 이야기에 나오는 용의 둥지를 찾는 모험가처럼 가만히 귀를 기울였다.
그 모험가는 젊은 전사에게 설명하고자 「뭐라고 해야 하나」 하고 어렵다는 식으로 말을 이었다.
"지저분한 로브 입고서, 쓰레기장 같은 방 안쪽에 있거든. 약인지 이상한 냄새도 나고."

"아아…… 연금술사야?"

"그럴 수도 있고. 모험가처럼은 안 보였어. 딱딱하고 성실한 여학자라면 내가 꼬셔봤을 텐데."

"야야……."

취향 묘하군. 젊은 전사가 한숨을 내쉬고 천천히 고개를 옆으로 저었다.

"뭐 고블린 슬레이어도 누군가와 파티를 짤만한 녀석으로는 안 보이니까……."

"그렇지만 지저분한 차림새인 녀석들이 같이 뭔가 하고 있잖아. 잘 어울리지 않아?"

소치기 소녀가 「어」 하고 소리를 흘리자, 모험가가 「응?」 하며 고개를 갸웃거렸다. 그녀는 황급히 입을 막았다.

"왜 그래?"

"아니, 뭔가…… 뭐 기분 탓이겠지. 도시 안에 괴물도 없을 거고."

"그게 뭐야?"

여급이 귀여운 가게를 발견했다. 그녀는 나한테 마음이 있다. 또 그거냐? 이번엔 정말이야, 가자고.

둘은 대화를 나누며 어두운 저녁의 거리로 사라졌다.

소치기 소녀는 건물 뒤에서 멍하니 선 채, 두 사람이 멀어지는 것을 보았다.

그가 드나든다. 여성의 집에. 둘이서 뭔가 하고 있다. 라고 한다. 라고 한다?

아니, 그건 놀랄 일이 아닐…… 것이다. 아마도, 분명히.

그녀와 그는 집주인의 딸…… 아니 조카와 입주자 같은 관계고, 그 이상도 이하도 아니다.

그녀도 그에게 말하지 않은 것이 있다.

그도 그녀에게 말하지 않은 것이 있는 게 당연하다.

신상을 챙겨준다. 그렇지만 그건 다시 말해서 참견이다. 그러니까…….

"어울려. …………잘 어울려."

그녀는 어째야 할지 모를 감정에 무심코 두 손으로 얼굴을 감쌌다.

땀과 먼지 냄새가 눈을 찔러서 코 안쪽이 찡해졌다. 그대로 얼굴을 손바닥으로 쓱쓱 비볐다.

"…………돌아가자."

그렇다, 돌아가자.

하늘은 이미 붉고, 밤은 가깝고, 바람은 차갑고, 몸은 지독하게 무겁다.

그러니까, 돌아가자.

분명 그는 오늘 밤도 돌아오지 않겠지만.

§

모험가 길드를 찾아오자 이미 내부는 조용했다.

연료 절약을 위해서 가늘게 조정한 등불이 치이이 타오르고, 홀은 어슴푸레했다.

접수처에서 밤 당번의 직원— 접수원 아가씨가 의자에 앉아 꾸벅 꾸벅 고개를 흔들며 꿈나라로 떠나고 있었다.

쇠비린내와 진흙과 오물 냄새를 동반하고 있어도 고블린 슬레이어는 발소리를 내지 않고 걸었다.

그는 비치된 깃털펜으로 양피지에 간결한 보고를 정리해서 가만히 접수처에 두고 문진을 올렸다.

"……? 아…… 우, 우왓……."

그때, 작은 소리를 내면서 접수원이 흠칫 몸을 떨더니 고개를 들었다.

그녀는 눈앞의 철 투구를 보고 몸을 젖히더니, 그 다음에 황급히 눈을 비비고 자세를 고쳤다.

"죄, 죄송합니다. 실례했어요. 저기……."

"보고다."

고블린 슬레이어가 말했다. 그리고 생각난 것처럼 짧게 덧붙였다.

"고블린 퇴치다."

"아, 아아……."

접수원은 서류를 집고서 한순간 눈을 깜빡였지만, 곧 자세를 고쳤다.

"살펴보겠습니다."

서류에는 휘갈긴 지렁이 같은 문자가 춤추고 있었다. 그는 스스로도 못난 글자라고 생각했다.

읽고 쓰기는 어렸을 적, 누나에게 배우고 끝이었다. 결국 그 이후로 향상될 기회는 없었다.

—글자가 지저분해도, 정성 들여 쓰면 괜찮아.

누나는 그렇게 말했다. 정성 들여서 쓰기는 했다.

"네, 네……. 그러니까 무슨 별난 점은 있었나요?"

"고블린이 있었다."

그가 말했다.

"수는 많지 않았다. 모두 죽였다."

"……괜찮아, 보이네요."

접수원이 키득 웃더니, 정중한 태도와 손놀림으로 서류를 확인하고 고개를 끄덕였다.

그리고 서류를 소중하게 서류철에 넣고 닫았다.

"의뢰 종료로 판단합니다. 수고하셨습니다! 그러면 지금 보수를 준비할게요."

"……."

그렇게 말하며 접수원은 의자에서 엉덩이를 들어 일어서고자 했다.

고블린 슬레이어는 공방 쪽으로 철 투구를 돌렸다. 역시 등불은 꺼져 있었다.

로의 불은 끄지 않았겠지만, 지금 일을 부탁해도 시작하는 건 내일부터이리라.

"……아니."

그는 고개를 옆으로 저었다.

"내일 받지."

"그런가요?"

그는 철 투구를 천천히 위아래로 움직였다. 그걸로 이야기는 끝이라고 생각했다.

그러면, 저기. 그러나 접수원은 뭔가 말하고 싶은 듯 손가락 끝을 꼬물거렸다.

고블린 슬레이어가 묵묵히 기다리자 그녀는 「저기……」라며 수줍게 말했다.

“사실은 이번 의뢰, 며칠 전부터 붙어 있었지만, 좀처럼 수락해주는 사람이 없었는데…….”

“그랬었나.”

“보수가 별로 안 좋으니까요. 하지만, 그러니까…….”

“뭔가.”

그녀는 스읍 숨을 들이쉬어 풍만한 가슴을 부풀리더니, 그리고 단숨에 말을 자아냈다.

“그러니까, 덕분에 살았어요! 정말 고맙습니다!”

고블린 슬레이어는 짧게 「그런가」라고만 했다.

“그럼.”

역시나 짧게 인사하더니, 진흙투성이 발자국을 남기고 똑바로 문을 향해 걸었다.

스윙도어를 밀어 열고 밖으로 나가, 등 뒤에서 그것이 닫히는 소리를 들으면서 하늘을 올려다보았다.

별의 빛은 흐리고, 달도 상당히 흐릿했다. 이미 동쪽 하늘 끝은 미약하게 하얗다.

“흥.”

그는 작게 중얼거리고, 성큼성큼 거침없는 발걸음으로 길을 걸었다.

여름도 가깝지만, 아침 공기는 차갑다. 걷는 동안에 온몸에 이슬도 맺힌다.

목장까지 가는 길은 그다지 길지 않고 발에도 익숙하지만, 묘하게 시간이 걸리는 걸 알았다.

지친 탓이리라. 뒤에서 자신을 바라보는 것처럼 그는 판단했다.

그리고 그 이상, 딱히 아무 감상도 품지 않았다. 의식을 기울여 생각해야 할 일은 달리 있었다.

주위의 수풀, 나무 그늘, 광야 너머. 움직이는 것은 없는지. 있다면 무엇인지. 발자국은. 흔적은.

그는 기척 따위의 애매모호한 것을 느낄 수 없었다.

스승의 말에 따르면 「기척인지 뭔지 그런 것이 있을 리가 있나」라고 한다.

모든 것은 보이고, 들리고, 맡고, 만지고, 맛보는 것으로 알 수 있는 것이다.

『그리고 그것이 무엇을 의미하는지 생각하면 되는 게다.』

평소처럼 자신을 마음껏 쥐어박은 다음, 스승은 씨익 웃으며 말했다.

『생각 안하고도 결론이 나오는 녀석도 있지만, 너는 바보니 말이다……. 경험이다. 경험.』

그렇게 말한 스승은 일어서려는 그를 또 걷어차서 얼음 위에 꼴사납게 넘어뜨렸다.

스승이 그럴 것을 확실하게 배운 것이 그때였다.

배웠다고 해서 그것을 활용할 수 있는 것이 아니란 걸 이해한 것은 그 다음이다.

“………….”

목장에 도착한 그는 그대로 울타리 바깥쪽을 빙 돌고 있는 자신을 깨달았다.

좋지 않은 징후다.

적 탐색은 습관을 들여야 하지만, 그렇다고 익숙해지면 안 되고 반복이 되어서도 안 된다.

그것은 고블린이 허를 찌를 가능성을 뜻한다.

평소와 다른 행동을 취한 고블린에게 대응할 수 없다.

그는 철 투구에 묻은 이슬을 떨치는 것처럼 고개를 젓고, 온 길을 돌아가서 다시 한 번 처음부터 시작했다.

빙글 한 바퀴 돌아도 아직 태양이 오르기까지는 시간이 있었다.

그는 한 번 헛간으로 돌아가 단검과 부서진 투구를 몇 개 꺼내 그것을 울타리 위에 늘어놓았다.

팔이나 다리가 이상하게 무거운 느낌이 드는 것은 피로 탓이리라.

그렇다고 지쳤을 때 고블린이 나타나지 않는다고 장담할 수 없다.

“……흠.”

그는 떨리는 손가락으로 단검을 잡고, 겨누고, 던졌다. 빗나간다. 다음을 던진다. 맞았다.

맞기만 해선 안 된다. 그게 아니라 맞추는 것을 의식해야 한다.

그는 손의 단검이 없어지자, 빗나간 단검을 회수하여 투구가 모두 떨어질 때까지 반복했다.

그 무렵이 되자, 그제야 지평선 너머에서 태양이 오르기 시작했다.

눈에서 두개골에 찌르고 들어오는 하얀 빛에 그는 철 투구 아래서 눈을 가늘게 떴다.

"……음."

문득, 그가 작게 신음했다. 아침 해가 비추는 돌담의 일부가 무너져 있었다.

—고블린인가?

그렇다고 장담할 수는 없다. 어린애의 장난. 자연스럽게 무너졌을 수도 있다.

정비가 필요 없을 리 없다. 그는 투구와 단검을 한 곳에 모아두고 돌담으로 걸어갔다.

쪼그려 앉아서 손바닥을 대고 꼼꼼하게 조사하여, 아마도 인위적인 것이 아니라고 결론을 내렸다. 숨을 내쉬었다.

그때였다.

"……열심이군."

문득 등 뒤에서 들린 말에, 그는 천천히 일어섰다.

본채에서 나왔으리라. 방금 일어난 것 같지만, 분명하게 눈을 뜬 목장 주인이었다.

"남자가 나 혼자라 손보기 어려웠지. 도와주는 건 고맙다."

"아뇨."

아침놀을 등지고 가만히 바라보는 그에게 고블린 슬레이어는 조용히 고개를 옆으로 저었다.

"고블린이 나타나면, 곤란하니 말입니다."

"……."

그림자가 져서, 고블린 슬레이어는 목장 주인의 표정을 알 수 없었다.

목장 주인은 팔짱을 끼고 소가 그러는 것처럼 소리를 내며 신음했다.

"……그 애 말인데."

고블린 슬레이어가 자세를 고쳤다.

"네."

"어제 저녁에, 대단히 풀이 죽어서 돌아왔다."

"……."

"조금…… 신경을 써주지 않겠나?"

고블린 슬레이어는 가만히 철 투구를 목장 주인에게 향한 채 입을 다물었다.

목장 주인이 불편한 기색으로 몸을 움직이는 걸 알 수 있었다.

"신경을 쓴다."

고블린 슬레이어는 앵무새처럼 되물었다.

"라는 것은."

"그거야…… 한 마디 해주거나, 상대를 해주거나. ……이래저래 있지."

그것은 대단히 애매한 말이었다. 아마 목장 주인도 잘 모르는 것 같은 어조였다.

"과연."

그러나 고블린 슬레이어는 수긍했다. 그도 조금은 할 수 있겠다.

"해보겠습니다."

"……그래. 부탁하지."

목장 주인은 어쩐지 안도한 듯 숨을 내쉬고 빙글 등을 돌려 본채를 향해 걸었다.

"그리고."

그때 문득 멈춰서더니 어깨 너머로 고개를 돌리고 말했다.

"조금은 깔끔하게 다녀. ……냄새가 나서 못살겠군."

고블린 슬레이어는 조금 생각하고서, 결국 아무 말도 못하고 목장 주인을 배웅했다.

고블린을 죽이는데 필요한 조치이기 때문이다.

"…………."

고블린 슬레이어는 투구와 단검을 안고서 헛간으로 돌아가 그것을 구석에 던져놓았다.

대신 정비용으로 쓰는 기름 먹은 누더기 천을 꺼냈다.

말없이, 적당하게 온몸의 갑옷을 쓱쓱 닦았다. 그다지 깨끗해진 티도 안 난다.

그러나 그는 한 차례 닦아내고 천을 던지더니 그대로 본채 쪽으로 향했다.

문득 머리가 삐걱거리듯 아파서, 그것이 물 부족 때문이라고 판단했기 때문이다.

1시간이나 2시간이라도 잠들기 전에 물이 필요했다.

"……아, 어서 와."

그러나 문이 열리자마자 그리운 향이 물씬 풍겼다.

부엌에 앞치마를 두른 그녀가 서 있고, 불에 올린 냄비 앞에서 어색하게 웃고 있었다.

"저, 기…… 아침, 먹을래?"

고블린 슬레이어는 조금 생각하고서, 말했다.

"먹지."

"어. 아, 으, 응……."

황급히, 그녀가 부엌에서 바삐 움직이며 접시를 준비하기 시작했다.

식탁을 흘끔 보니, 이미 자리에 앉아 있던 목장 주인이 어려운 표정으로 고개를 끄덕였다.

고블린 슬레이어는 그의 맞은편에 앉아서 뭐라 말해야 할까 망설이다가 조용히 말했다.

"내일은, 또 집세를 낼 수 있을 것 같습니다."

"……그렇군."

잠시 지나 식사가 식탁 위에 놓였다. 스튜였다.

기도의 말을 나누고 아침 식사를 시작했다. 고블린 슬레이어는 말없이 숟가락을 움직였다.

"……."

"……."

소치기 소녀는 뭐라 말하고 싶은 시선으로 그를 보았다.

고블린 슬레이어는 생각하다가, 아무 생각이 안 나서 입을 다물었다.

결국 그녀는 벌어지던 입을 다물고 접시에 시선을 떨구었다.

그래서 빈 접시에 숟가락을 던지고 고블린 슬레이어가 말했다.

"……뭘 하면 되지?"

"어."

"……."

"……그러니까."

그녀는 말을 망설이고, 주저하다가, 난처한 기색으로 목장 주인을 보았다. 목장 주인은 말없이 어깨를 으쓱거렸다.

"……배달, 가는데."

"그런가."

"……도와, 주면……."

기쁘긴 한데.

"그런가."

그가 대답을 반복했다.

"한 시간 기다려다오."

"아, 으, 응!"

소치기 소녀는 가슴을 흔들며 힘차게 고개를 끄덕였다.

"알았어…… 기다릴게!"

고블린 슬레이어는 말없이 일어서서 성큼성큼 본채 밖으로 나섰다.

맛 때문인지, 피로 때문인지, 몸이 족쇄를 찬 것처럼무겁다.

그러나 발을 들고 내리면 앞으로 나아간다. 앞으로 나아가면 목적지에 도착한다. 언젠가는. 반드시.

헛간에 들어가 벽에 기대어 앉아서 눈을 감았다.

—무슨 일이든 마찬가지다.

그렇다. 고블린 슬레이어는 생각했다.

모든 것은 습관을 들여야 하지만, 그렇다고 익숙해지면 안 된다. 반복이 되어선 안 된다.

모든 것은 배우고, 생각하고, 행하는 것이다.

그러나 그는 배웠다고 해서 활용할 수 있는 게 아니란 것도 알고 있었다.

뭐든지 생각대로 되지는 않는 것이다.

§

소치기 소녀는 헛간을 들여다보고, 어쩌면 좋을지 몰라 거기에 서 있었다.

여전히 휑한 헛간 구석에 그가 웅크린 채 앉아 있었다.

—아니, 자고 있네.

일하고 돌아와서, 배에 집어넣는 것처럼 밥을 먹고, 앉아서 잔다.

그렇게 제대로 쉬지도 않고서 일을 도와준다고 해도 순순히 기뻐할 수 없었다.

그렇지만 한편으로, 무언가— 고블린 퇴치가 아닌 일도 시켜주고 싶었다.

아니, 변명은 관두자.

그가 자신이 만든 요리를 먹고, 자신을 도와주는 것이 기뻤다.

다른 어느 감정보다도 웃돌아서 우선하는 형태로 드러나 버린 것이다.

그래서— 고개를 끄덕여 버렸다.

"…………하아."

소치기 소녀는 결국 정하지 못하고, 준비를 완전히 마친 짐수레와 어슴푸레한 안을 번갈아 보았다.

벌써 한 시간은 지났다. 여유를 두기는 했지만 음식이다. 방치할 수도 없다.

그녀는 벌써 몇 분 동안 어쩌지도 못하고 선 채, 멀리서 들리는 소의 울음소리에 숨을 내쉬었다.

"……저기, 일어났어?"

열린 문을 조심스레 콩콩 두드리며, 그에게 살며시 말을 걸었다.

"……."

그는 소리도 없이 스윽 일어섰다.

"와앗!"

소치기 소녀는 무심코 소리를 흘렸다.

"깨, 깨어 있었어……?"

그렇다면, 그녀가 우물쭈물꾸물꾸물거리는 것도 다 봤다는 것이다.

"아니."

그러나 목소리가 갈라져 묻는 말에 그는 짧게 답했다.

"지금 일어난 참이다."

조금 가라앉은 목소리.

"미안하군."

"어, 아니야……."

소치기 소녀는 고개를 살살 옆으로 저었다.

"괜찮아. ……됐어."

"그런가."

그는 언제 떠왔는지도 모를 주전자의 물을 직접 들이켜더니 조금 입을 다물고, 그리고 걷기 시작했다.

성큼성큼 망설임 없는 발걸음으로 소치기 소녀의 옆으로 빠져나갔다.

"아, 기다려……!"

말을 걸었지만 이미 늦었다. 그는 짐수레의 손잡이를 잡고 걷는 참이었다.

"뭔가."

기특하게도 움직임을 멈춘 그에게, 소치기 소녀는 뭐라고 해야 할까 고민하다가 결국 생각한 그대로 말을 했다.

"나, 나도 같이 갈 거니까……!"

"그런가."

소치기 소녀는 총총히 달려서 짐수레 뒤로 돌아갔다.

아무리 그의 얼굴이 철 투구로 보이지 않는다고 해도, 옆을 나란히 걸을 용기는 없었다.

"가, 간다!"

"그래."

역시 담담하고 짧은 대답.

그 이상을 바라면 안 될 것이다. 소치기 소녀는 짐수레를 있는 힘껏 밀었다.

끼익. 차륜과 차축이 마찰하는 소리를 내더니 곧 천천히 돌기 시작했다.

그가 끌어당기기 때문이다. 평소보다 훨씬 편했다.

"무, 무겁지 않아……?"

"그래."

같은 말을 반복하는 대답. 지쳤을 텐데, 라고 생각한다. 그러나 입 밖에 내지 않는다.

"……."

"……."

짐수레가 소리를 내면서, 점심 전의 하늘 아래 초여름의 바람이 부는 가운데를 나아간다.

앞을 봐도 짐밖에 안 보이니까 그의 모습을 보기 위해 소치기 소녀는 옆에서 들여다볼 필요가 있었다.

물론 그래도 보이는 건 철 투구와 등뿐이지만.

"따, 따뜻해졌네."

"그런가."

"좀 더울지도. ……여름도 가까우, 니까."

"그래."

"저기, 덥지 않아?"

"그래."

소치기 소녀는 입을 다물었다. 말이 그 이상 이어지지 않았다.

그녀는 고개를 들이고, 쌓여 있는 짐에서 발치로 눈길을 돌리며 미는 것에만 의식을 집중했다.

이마에서 볼로 흐르는 땀이 땅으로 뚝뚝 떨어져 번졌다.

목장에서 도시까지 가는 길은 짧으니까 그것이 불행 중 다행— 일지도 모른다.

이래서는 도무지 그와 길게 이야기를 할 수 있을 것 같지 않았다.

그리고 무엇보다도 이런 얼굴을 보이고 싶지 않았다.
자기 얼굴이 굉장할 거란 것쯤은 누구든지 알 수 있을 테니까.

§

문을 지나 도시로 들어가, 그는 길드 앞까지 견인하고서 짐마차를 세웠다.
소치기 소녀가 그것을 깨달은 것은 끼익, 차륜이 삐걱거리는 소리가 들려서이다.
와. 황급히 짐칸에서 손을 떼자 그가 거침없는 발걸음으로 소치기 소녀의 옆으로 돌아왔다.
"내린다."
"아, 으, 응."
대꾸할 틈도 없는 말이었다. 소치기 소녀는 고개를 끄덕이고 짐에 손을 올렸다.
흘깃 그의 모습을 살피자, 그는 무거운 나무 상자를 들어서 묵묵히 내리고 있었다.
소치기 소녀는 도저히 할 수 없다. 숨을 한껏 몰아쉬고 고생하면서, 간신히 해내는 일인데.
—역시 모험가니까…… 일까?
철 투구에 가려져서 알 수 없지만, 그는 분명히 단련을 했을 것이다.
"왜 그러나."
"아, 아무것도 아냐……!"

그 모습을 가만히 보고 있던 소치기 소녀는 손이 멈춘 것을 깨닫고 황급히 작업을 재개했다.

무엇을 말하면 좋을지 모르겠지만, 지금 무엇을 해야 할지는 알았다.

일이 있다는 것은 좋은 일이다. 소치기 소녀는 그렇게 생각했다.

짐을 들고, 내린다. 다시 든다. 반복한다.

그것이 끝나도, 이번에는 그것을 넘기는 작업이 기다린다.

소치기 소녀는 이마에 베어 나온 땀을 닦고, 호흡을 가다듬으며 그에게 고개를 돌렸다.

"…………."

"저, 기."

혀가 꼬인다. 숨이 가쁜 탓이 아니다. 말이 잘 안 나오는 것이다.

그는 소치기 소녀가 괜히 발끝으로 돌바닥을 비비는 것을 묵묵히 보고 있었다.

그것이 견딜 수 없이 불편해서, 소치기 소녀는 눈을 깔았다.

"저기…… 응. 이제 괜찮아. 고마워."

"그런가."

—그것뿐이야?

의문을 입에 담는 것은 역시 못한다.

그는 고개를 끄덕이더니 등을 빙글 돌리고 성큼성큼 걷기 시작했다.

그녀는 그저 우두커니 서서 그것을 배웅하는 수밖에 없었다. 손을 뻗으려다가 되돌리고, 가슴팍을 쥐었다.

굉장히 뜨거웠다. 땀이 난 탓이리라. 가슴이 열을 품고 있었다.

아니면 손바닥일까? 양쪽?

"………….."

소치기 소녀는 잠시 그 자세 그대로 하늘을 올려다보았다. 하늘은 아플 정도로 파랗다.

—관두자…….

어쩐지 자신이 너무나 비참해 보여서, 소치기 소녀는 고개를 옆으로 저었다.

길드 뒷문을 두드리고 직원에게 납품을 알렸다. 서류에 사인을 받는다.

다음으로 사소한 수속이 필요하다. 그녀는 잊고 있던 것을 떠올리고 살짝 표정을 찌푸렸다.

그녀도 길드 로비로 가야 한다는 것이다. 그가 있을 장소에.

"왜 그러세요?"

"아, 아뇨."

직원이 걱정스레 말하자 소치기 소녀는 황급히 고개를 옆으로 저었다.

"오늘은, 조금 더워서요."

"아아, 이제 여름도 가까우니까요."

사소한 잡담. 그하고는 할 수 없었던, 별 것 아닌 말의 응수.

그것에 가슴이 옥죄는 것 같아서 소치기 소녀는「그럼」하고 말수적게 고했다.

터덜터덜. 모험가들의 소란 속을 헤엄치는 것처럼 입구로 가서 홀로 들어선다.

정말이지, 몇 번을 봐도 압도된다. 눈이 돌아가는 풍경이다.

갖가지…… 정말로 갖가지, 제각각의 장비를 갖춘 수많은 사람들.

색색의 갑옷과 의복 사이로, 그녀는 투박하고 지저분한 가죽 갑옷과 투구 모습을 찾아버린다.

"아……."

있었다. 대합실 구석, 긴 의자에 앉아 있는 그의 모습.

그러나 소치기 소녀는 금방 말을 걸 수 없었다.

"—."

"——."

뭘 이야기하는지는 모른다. 그렇지만, 그의 옆에는 여성이 있었다.

아름다운 사람이었다. 매력적인 몸의 선이 드러나는 의복을 입고, 챙이 넓은 모자를 쓴 미녀.

전에 한 번 사소한 일을 부탁한 적이 있는 여성 모험가.

그녀가…… 어쩐지 대단히 기분 좋은 기색으로 그와 말을 나누고 있었다.

그에게 두루마리를 건넨 여성이 까르르 웃었다.

"……."

소치기 소녀는 가슴 속에서 열이 빠져나가는 감각을 느끼고 고개를 옆으로 흔들었다.

—왜냐면, 아닌걸.

그렇다. 소문으로는 로브 차림의…… 그와 분위기가 비슷한 기묘한 여성이라고 했다.

저 사람은 아닐— 것이다, 아마.

"아……."

그가 이쪽을 보았다.

철 투구를 움직인 것뿐이지만, 어째선지 소치기 소녀는 알 수 있었다.

이야기는 끝난 걸까? 그는 마녀에게 가볍게 고개를 숙이더니 성큼성큼 이쪽으로 다가왔다.

"어, 아, 와……."

소치기 소녀는 허둥지둥 당황했다. 설마 다가올 줄은 몰랐다.

보고 있던 게 들킨 거 아닐까? 들켰으면 어쩌지?

아니 딱히 들켜도 뭐 나쁜 짓을 한 것은 아니지만. 그렇지만.

"무슨 일인가."

"아, 아무것도 아닌, 데?"

목소리가 갈라지고, 말꼬리가 튀어 올랐다. 스스로도 참 얼버무리는 게 서툴렀다.

"그런가."

그러나 그는 짧게 중얼거리고, 미약하게 철 투구를 기울였다.

—미, 믿어 줬나?

말이 없자 이상하게 무섭다.

그는 입을 다무는 경우가 많고, 말수도 적다. 늘 그렇지만.

어렸을 때는 어땠더라?

말이 많았던, 것 같았다.

5년 전 일이다. 선명한 것 같지만 세부적으로 애매하게 번져 있었다.

그는 어땠을까? 5년 전의 그녀를, 어느 정도 기억해주고 있을까?

소치기 소녀는 알 수 없었다.

"뭔가 더 도울 일이 있나."

"아, 아니. ……괜찮아. 됐어."

"그런가."

역시, 그걸로 대화가 끝나버린다.

소치기 소녀는 철 투구와 바닥을 번갈아 보면서, 그리고 지나치는 모험가들이 힐끔힐끔 쳐다보는 걸 깨달았다.

입구 옆이기 때문이다. 오고 가는 모험가가 힐끔, 힐끔 하고 시선을 보낸다.

—나는 그렇다 치고, 그는 눈에 띄니까…….

소치기 소녀는 아주 약간 쓴웃음을 짓고, 그의 소매로 손을 뻗었다가 결국 손을 내렸다.

"조금, 옆으로 갈까?"

"그래."

방해가 되면 안 되니까. 그렇게 말하고 몇 걸음 옆으로 옮기자 그가 뒤늦게 따라왔다.

새삼 나란히 서서 보니, 갑옷의 차이를 빼더라도…….

—어쩐지…… 옛날보다, 키가 자란…… 거구나.

옛날엔 그의 얼굴을 보려고 조금 시선을 위로 올리는 일은 없었다.

싸움을 해도 이겼었다고 생각한다. 달리기나 그런 것도.

—이제는 무리네…….

그런 마음이 무심코 입에서 한숨을 흘렸다.

"왜 그러나."

그는 역시 철 투구를 기울이면서 물었다. 그녀는 「아무것도 아냐」라고 반복했다.

변하지 않는 것 따위 없다.

5년이나 지나면, 모든 것이 변해 버리는 것이다.

—폐가 되는 걸까?

그는 아무 말도 없다. 당연하다. 소치기 소녀에게 그것을 물어볼 용기는 없었다.

다만, 웅성거리는 주위 모험가들의 목소리가— 너무나 싫고, 견딜 수가 없어서.

소치기 소녀는 의미도 없이 입을 열었다.

"이, 있잖아……."

"있다아아!!"

그리고 그 순간, 잘 울리는 방울 같은 목소리가 소란 속을 꿰뚫었다.

퍼뜩 고개를 들어 돌아보니 어디선가 달려오는 작고 가녀린 그림자.

바람에 휘날려서 후드가 벗겨지고, 총명해 보이는— 눈을 반짝거리며 빛내는 여성이 나타났다.

그녀는 고양이가 먹잇감에게 뛰어드는 것처럼 똑바로 달려와서…….

"아……."

"오늘 아침엔 오지도 않고, 이제 볼일 다 본 줄 알았잖아. 응? 기다리고 있었는데 말이다."

다음 순간에는 소치기 소녀 옆을 빠져나가서 그에게 뛰어들어 안기고 있었다.

"그런가."

멍하니 선 그녀를 무시하고, 그는 짤막한 말로 수긍하기만 했다.

"그렇지만, 용서하지! 그대의 근면함 덕분에 자네를 찾는 수고를 크게 덜었다."

"그런가."

"그렇고말고!"

그녀 — 마법사란 것을 소치기 소녀도 알 수 있었다 — 는 희색이 만면하여 그에게 안겨들어 크게 들떠있었다.

그러나 신기하게도 주위의 웅성거림은 그 마술사를 향하지 않았다.

깨달은 것은 그와 그녀뿐. 소치기 소녀는 세상을 오려낸 것 같은 착각에 눈을 깜빡거렸다.

"내 바람이 드디어 성취되노라만 문제가 있도다! 도와줬으면 하는데 어떤가?"

"고블린인가?"

"유감이지만, 불행하며, 다행스럽게도, 그야말로 바로 그거야!"

"그런가."

그는 다시 한 번 수긍하더니 철 투구를 빙글 돌렸다.

소치기 소녀는 투구 안쪽에서 보내는 시선에 몸을 흠칫 떨었다.

"미안하지만, 의뢰다."

"어, 아…… 의, 의뢰?"

"그래."

소치기 소녀는 입술을 꾹 깨물고 양손을 꼭 쥐었다.

납득이 안 된다. 될 리가 없다.

납득은 안 되지만, 의뢰인과 모험가라고, 그는 말했다. 그렇다면.

"……알았어, 그런 걸로 할게."

"그런가."

그는 역시 변함없이, 그 한 마디로 대화를 끊어 버렸다.

소치기 소녀는 아무 말도 못하고 시선을 발치로 슥 떨구고 말았다.

그래서 깨닫지 못했다.

마술사― 고전의 술사가 자신과 그의 얼굴을 두리번거리며 번갈아 보더니 아하, 하며 고개를 끄덕인 것을.

"이건 알기 쉽군. 그러면 자네, 우선 주점에서 식량 같은 것을 사오게나."

그는「음」하고 낮게 신음한 다음, 조용히 되물었다.

"내가 말인가."

"여자애한테 짐을 들리면 안 되는 것이야."

고전의 술사가 말하고, 마법처럼 손가락을 번뜩이더니 금화를 꺼냈다.

"물론 사과주도. 천천히 꼼꼼하게 시간을 들여서 고르도록, 의뢰인이 주문을 덧붙이지."

"……내가 말인가."

"자네가 말이야."

고블린 슬레이어는 낮게 신음하고는 금화를 받았다.

"알았다."

그리고 성큼성큼 걷기 시작하는 등을 배웅하고, 고전의 술사가 또 한 명의 아가씨를 빙글 돌아보았다.

소치기 소녀는 남겨진 어린애가 그런 것처럼 얼굴이 엉망으로 구겨져 있었다.

고전의 술사는「이걸 어쩐다」하며 난처한 기색으로 웃었다.

"그런 표정을 짓지 말게. 자네가 상상하는 그런 게 아니니까."

"……정말로?

"정말이지. 지금까지도, 앞으로도 말이야."

큭큭 웃으면서, 고전의 술사가 소치기 소녀의 얼굴을 쓰다듬었다.

그것은 마치 — 이제 기억도 안 나지만 — 어머니가 해주는 것 같은 손놀림이라서 호오, 숨결이 흘러나왔다.

굳어진 몸에서 힘이 빠지고, 또 다시 가슴 속에 따스한 것이 퍼지는 감각.

아까하고는 반대 이유로 울어버릴 것처럼 상냥했다.

"이래저래 늦어 버렸지."

고전의 술사가 말했다.

"뭐가 늦었느냐 하면, 늦어버린 것을 아무렇지도 않게 생각한다는 것이겠지."

"……저기. 그러면, 저기……."

소치기 소녀는 말을 찾았다.

"당신은…… 의뢰인?"

"그리고 마술사이자 현자일까? 뭐든지 간에 한 마디로 설명하기에는 참으로 곤란하지."

"네."

소치기 소녀는 의미를 모른 채 수긍했다.

그녀가 하는 말의 의미는 전혀 이해 못하겠지만, 그래도 전해지는 것은 있었다.

그래서 소치기 소녀는 또 한 번 「네」 하고 말한 뒤에 「고맙습니다」라고 했다.

"에이 뭘. 처음에 심한 짓을 해버린 건 나니까. 의도하지는 않았지만 말이지."

고전의 술사는 의미심장하게 중얼거리고 소치기 소녀를 보며 큭큭 웃었다.

아무리 그녀라도 그 의도는 눈치채고서, 볼을 확 붉히며 고개를 숙였다.

생각해 보면 무척 창피한 태도를 보이고 말았다. 구멍이 있으면 들어가고 싶을 정도다.

"에이."

고전의 술사는 채 억누르지 못한 웃음을 흘리며 말했다.

"사과의 뜻이라고 하긴 뭣하지만, 비술을 한 가지 가르쳐주지. 나도 최근에 알게 되어 아끼던 것인데 말이지."

"……비술……."

소치기 소녀는 눈을 크게 깜박였다.

"마법, 인가요?"

"온갖 말은 바로 그렇지. 잘 들어. 그는 말이지—."

—녀석은 상당히 알기 어렵고 에둘러가지만, 말하면 제대로 전달되는 녀석이야.

얼마 안 가서 그가 돌아오고, 고전의 술사는 스르륵 떨어져 그의 곁에 섰다.

그는 그녀와 소치기 소녀에게 한 번씩 고개를 끄덕이고 「그럼」 하고 말하더니 걷기 시작했다.

소치기 소녀는 두 사람을 배웅한 다음, 잊고 있던 서류 수속을 마치고자 접수처로 갔다.

여름이 가까운 더운 날의 점심 즈음일 것이다.

소치기 소녀가 그녀— 고전의 술사에 대해 기억하는 것은 이 대화뿐이었다.

그뿐인, 사소한 추억이었다.

# 막간 「허세를 부리는 것도 모험가의 일이란 이야기」

Goblin Slayer YEAR ONE The Dice is Cast.

"그래, 서."

웅성거리는 소란이 가득한 주점에서 창잡이는 뜯어온 의뢰서를 펼쳤다.

"이게 이번 의뢰란 건데, 알겠어?"

"그러, 네……."

창잡이가 신중하게 물어보자, 맞은편에 앉은 여자— 육감적인 몸의 아가씨는 고개를 끄덕였다.

"꽤……나. 힘들어 보, 이는…… 일이, 네."

"그렇지?"

띄엄띄엄 끊어지는 쉰 것 같은 목소리. 거기에 창잡이가 힘차게 고개를 끄덕였다.

"그러면 정보를 확인하자. 상대는—."

"—요술사……구, 나."

맞아. 창잡이는 내심 숨을 내쉬었다. 마술사라면 읽고 쓰기는 당연히 할 수 있겠지만…….

—정말이지. 글자를 못 읽는다고 들키면 멋없잖아.

그것은 그의 존엄을 지키기 위해서 어떻게든 숨겨야 하는 일이었다.

물론 창잡이도 적당히 의뢰를 집어서, 아무것도 모른 채 돌진할 생각은 전혀 없었다.

그래서 일부러 길드의 접수처가 아니라 대필가한테 가져가서 읽어달라고 했다.

듣자니, 마을 근처 동굴에 수상쩍은 요술사가 살고 있다고 한다.

수상쩍은 실험을 반복하고 저주를 뿌리며, 숲의 나무들이 썩고 짐승이 병든다.

골치를 썩은 촌장이 낸 의뢰를 받았지만 창잡이는 고민했다.

아무래도 이쪽에는 주문술사가 없다. 이번엔 위험하다.

창잡이는 전사다. 마술을 모른다. 그러나 적의 위협에 대해서는 남들의 배로 민감한 남자였다.

마술에는 마술로 대항해야 하는 법— 까지는 아니지만, 그러나 지식은 무엇과도 바꾸기 어렵다.

그렇다고 이제 와서 물러날 수는 없었다.

이미 오늘 의뢰는 거의 다 나가 버렸다. 남아 있는 건 고블린 퇴치가 띄엄띄엄.

자기가 감당할 수 없다고 의뢰를 게시판에 되돌려놓는 멍청이는 되기 싫었다.

—그러고 보니, 오늘은 그 좀 이상한 자식이 안 보이네.

지저분한 장비의 그 모험가라면 좋다고 고블린 퇴치를 갈 텐데.

뭐가 즐거운지 전혀 모르겠지만, 어쨌거나 창잡이는 진퇴양난이었다.

『강한 당신과, 부디 파티를 짜고 싶다는 사람이 있는데요…….』

접수원 아가씨가 천사로 보였다. 아니, 여신이다. 처음 봤을 때부터 그랬다. 틀림없다.

나쁜 기분은 안 들었다. 아니, 무척 좋았다. 신이 났다. 우쭐거렸다.

그리고 소개를 받은 것이— 눈앞에 있는 마녀다.

전에 몇 번인가 같이 행동한 적이 있다. 미인이다. 가슴도 풍만하다. 최고였다.

"어, 찔 거야……?"

"응, 어, 어어. 그야 마술사를 마술이 아니면 죽일 수 없는 것도 아닐 테니까."

창잡이는 반쯤 허세 — 알맹이가 있으면 되는 거다, 중요한 건! —를 섞은 웃음을 지었다.

"창이 박히면 사람은 죽어."

"후, 후……."

그의 말을 듣고서 마녀는 의미심장하게 웃기만 했다.

한숨과 함께 달콤한 향기가 물씬 풍긴다. 그녀가 평소부터 입에 물고 있는 연초 냄새이리라.

무슨 생각을 하는지는 전혀 모르겠지만, 창잡이는 오히려 그것이 고마웠다.

그런 여성이 이것저것 이야기하는 즐거움이 있어서 좋지 않은가?

"뭐, 맡겨만 둬. 그 록 이터를 해치웠을 때도 같이 갔잖아?"

"그러, 네……."

그녀는 우아한 동작으로 수긍했다.

—그리고 무엇보다도, 몇 번인가 파티를 짰으니까 속내도 터놓을 수 있고.

신상명세서 같은 걸로 하나부터 열까지 설명을 해주지 않으면 여자랑 이야기도 못한다니, 한심한 것도 정도가 있어야지.

몇 번인가 모험을 가서, 함께 행동하고, 농담을 주고받는 관계, 친구라고 할 수도 있었다.

창잡이는 실전 같은 긴장감을 유지하면서, 긴장을 풀기 위해 레몬수를 입으로 옮겼다.

그때, 문득 마녀가 말을 걸었다.

"있지."

"응?"

창잡이가 잔 너머로 쳐다봤지만, 그녀의 표정은 챙이 넓은 모자에 가려서 볼 수 없었다.

"……어째서, ……매, 번……. 말, 걸어…… 주는, 거……야?"

"말 안 걸 이유가 없잖아."

즉답이었다. 망설일 여지 따위 없는 일이었다. 넌 무슨 말을 하는 거냐고 말하고 싶었다.

"그, 건……."

마녀는 아름다운 속눈썹을 깜빡였다.

"외, 모?"

"그건 있네."

창잡이는 아주 진지하게 수긍했다.

여자의 외모를 칭찬하지 않는 남자 따위, 천지가 뒤집어져도 있을 수 없었다.

설령 상대가 어인 아가씨라도, 창잡이는 비늘의 반짝임을 칭찬할 셈이었다.

오히려 그녀가 자신의 미모를 이해한다는 것에 호감이 갈 정도였다.

"……."

그런 그의 말에 놀랐는지, 마녀의 눈동자가 동그랗게 커졌다.

—생각보다 젊군.

"……뭐, 포장해주길 바란다면 포장을 하겠는데."

창잡이는 갑자기 어쩐지 쑥스러워져서 얼버무리듯 덧붙였다.

"그럼……."

마녀는 가늘고 하얀 목을 꿀꺽 울렸다.

"마법, 실력?"

"그것도 있지."

창잡이는 아주 성실하게 수긍했다.

여자가 갈고 닦은 것을 인정하지 않는 남자라니. 도량이 낮은 것도 정도가 있어야지.

미모든 머리칼이든 의복이든, 혹은 검기, 학문, 신앙, 마술마저도.

"도……."

마녀는 창잡이의 대답을 듣고, 챙이 넓은 모자를 꾹 내리며 의자에 기댔다.

"……다른, 건?"

음. 창잡이가 신음했다.

"잠깐만 기다려."

중얼거리고서 천장을 올려다보았다.

없다는 것은 있을 수 없다. 그렇기에, 그것을 말로 하는 것이 어려운 것이다.

“……요전에, 목장 아가씨 의뢰를 받았잖아?”

“그래.”

대단치 않은, 산책 같은 일이었다.

소녀 한 명을 데리고 광야의 한 구석으로 가서 돌아오기만 하면 된다.

물론 무예를 익히지도 않은 자에게는 위험한 길이다.

그렇기에 의뢰를 내고, 모험가가 간 것이다. 그렇지만…….

“싸고 재미도 없는 의뢰인데, 싫은 표정 하나 안 지었으니까.”

창잡이는 말을 하면서 생각을 정리하고, 이윽고 「응」 하면서 이른 결론을 말했다.

“—좋은 녀석이라고 생각했지.”

“……그래.”

마녀는, 역시 조용히 중얼거리고 느릿한 동작으로 곰방대를 꺼냈다.

연초를 채우고, 착화구로 불을 붙여서 한 모금.

“……그렇게, 싸구려 여자……는, 아니……라고, ……생각, 하는……데?”

“그래도 얼굴이랑 기량이랑 마음씨를 좋게 봐주면 기쁘잖아?”

창잡이는 씨익 하얀 치아를 드러내며 회심의 미소를 지었다.

마녀는 대답할 수 없었다. 아무 말도 못하는 기색으로 천천히 고개를 젓기만 했다.

© 2018 Shingo Adachi

# 제5장 『그녀의 사정(시나리오), 그의 사정(시나리오)』

Goblin Slayer YEAR ONE The Dice is Cast.

“그러고 보니, 그때 그 애랑 무슨 이야기를 하였나?”

파란 하늘의 높은 곳에서 솔개가 새된 소리로 울면서 고리를 빙글 그리고 있었다.

길 없는 광야를 앞서가는 고전의 술사가 고개를 홱 돌리며 돌아보았다.

고블린 슬레이어는 어깨에 파고드는 짐을 고쳐 메면서 철 투구 안에서 낮게 신음했다.

“딱히.”

말한 다음 짧게 덧붙인다.

“일을 도왔을 뿐이다.”

고전의 술사는 씨익 웃고는 사과주의 병을 핥는 것처럼 물고 목을 울리며 술을 들이켰다.

후아아. 숨을 내쉰 그녀는 녹아내린 눈매로 말을 이었다.

“아니야. 마녀 말이다.”

고블린 슬레이어는「그런가」라고 하고서 망설임 없이 대답했다.

“일을 부탁해서, 처리해줬을 뿐이다.”

“그렇군, 그렇구만. 마술에 관한 일이라면 내 영역일 텐데. 그렇지만 나는 의뢰인이니까.”

정말이지 유감스럽게도 자네 부탁은 들어줄 수가 없어.

고전의 술사는 뭐가 그리 재미있는지 키득키득 웃으며 휘적휘적 걸었다.

고블린 슬레이어는 짐을 진 채 묵묵히 그 뒤를 따라서 수풀을 헤쳤다.

고전의 술사는 목적지를 말하지 않았다. 고블린 슬레이어도 묻지 않았다.

그녀가 가는 장소에 고블린이 있고, 그것을 정리하는 게 그의 일이니까.

목적지가 어디든지, 싸우는데 필요한 정보 말고는 아무 상관도 없는 일이었다.

"그런데 자네, 그 차림으로 덥지 않나?"

그녀가 말하며 괜히 옷깃을 느슨히 풀고 가슴팍으로 바람을 펄럭펄럭 들였다.

물론 고블린 슬레이어가 보기에 그녀는 땀 한 방울도 흘린 기색이 없었다.

얼굴에 약간 붉은 기운이 도는 것은 술 탓이리라. 그것마저도 늘 있는 일이다.

고블린 슬레이어는 「아니」라고 짧게 대답하고서 하늘을 우러러 보았다.

햇살은 강하고 눈이 부실 정도로 하얗다. 여름이 벌써 가까워졌다. 더위는 더욱 강해질 것이다.

"이제 그만 야영할 장소를 찾는다."

고블린 슬레이어가 말했다. 고전의 술사는 고개를 끄덕였다.

"여름은 바람의 순환도 변덕스러우니까."

도시를 나선지 벌써 이틀이 지나고 있었다.

§

"결국, 너에게 부탁하고 싶은 건 고블린 퇴치야."

그날 밤, 그녀는 고블린 슬레이어가 피운 모닥불을 쬐면서 생글생글 웃었다.

들불이 번지는 걸 막고자 풀을 베어내고, 마른 가지를 쌓아서 지푸라기 뭉치 불쏘시개를 넣었다.

"그런가."

고블린 슬레이어는 대답하면서 소시지와 치즈를 꼬치에 끼워 불에 올렸다.

"아뜨뜨."

잠시 지나서 걸쭉해진 것을 고전의 술사가 집어 가더니 깨물었다.

"으음……."

볼이 느슨해지면서 몸서리치는 것을 보니 마음에 든 모양이다.

적당히 골라서 사온 고블린 슬레이어는 그것을 보고 숨을 내쉬었다.

"이건 목장 물건이군. 골라서 사왔나?"

"목장의."

그 말을 듣고서 고블린 슬레이어는 새삼 손에 든 꼬치에 눈길을 주었다.

약간 그을려가고 있는 그것이 목장에서 만든 것?

깨물어 보니 치즈는 달고, 소시지는 소금기가 잘 베여있었다. 한 입, 두 입, 철 투구 안으로 넣었다.

"깨닫지 못했군."

"……너는 그건가? 일단 뱃속에 들어가 영양이 되면 된다는 타입인 것이야?"

믿을 수가 없군. 고전의 술사가 그런 표정을 짓자, 그는 천천히 고개를 옆으로 저었다.

"집착하는 건 없지만, 선생님에게 살아 있다면 따뜻하고 맛있는 것을 먹으라고 배웠다."

"허어."

이번에는 감탄한 것처럼 고전의 술사가 고개를 끄덕였다.

"상당히 함축적인 말을 하는 인물이군. 그렇고말고. 그것만 있으면 살아갈 수 있지."

"레아였다."

"옳거니."

응응. 고전의 술사는 고개를 끄덕이고 사과주 병에 연인처럼 입을 맞추었다.

그녀는 혀로 술 방울을 낼름 핥으며 병을 쥔 손으로 그를 가리켰다.

"활력이라는 것은 그런 곳에서 솟아나오는 거지. 먹고 싶은 것을 먹도록 하게."

"……먹고 싶은 것인가."

"그럼. 사양할 필요는 없지."

고전의 술사가 실천하는 것처럼 술을 들이켜고 소시지에 혀를 내둘렀다.

"그런 의미에서 고블린은 어떤 걸까?"

"……."

고블린 슬레이어는 아무 말 없이 적당한 막대기를 주워 모닥불을 헤집었다.

가만 보니 끝 부분이 둘로 갈라진 봉이다. 작은 돌이라도 끼워서 끈으로 고정하면 좋은 곤봉이 된다.

"고블린은 행복할까, 불행할까……. 아무것도 모르며, 생각지 않는 것은 편하긴 하지."

"……."

"그렇지만 그들은 깡마르고, 굶주려 있어. 그 욕망은 끝이 없지. 가득 차는 일은 없을 것이야."

"흥미 없다."

고블린 슬레이어가 말했다. 잘라내는 것처럼.

"문제는, 놈들이 무엇을 어떻게 판단하고, 행동하는가다. 주위가 어떻게 생각하는가가 아니다."

"그렇지. 그 말이 맞아."

고전의 술사는 할짝, 할짝 아쉬운 듯 술을 조금씩 기울였다.

따닥, 따닥. 소리를 내면서 모닥불이 터진다. 고블린 슬레이어는 불을 헤집었다.

"그래서, 뭐, 고블린의 서를 쓰지 않는다는 자네의 판단을, 나는 틀리지 않았다고 생각해."

그녀가 조용히 중얼거린 말을 놓치지 않은 것은 그 덕분이리라.

그리고, 그녀가 어떤 표정을 지었는지 보지 못한 것은 그 탓이리라.

"지식을 얻는다는 것은 행복한 것이 아니야. 고생이 동반되지. 얻을 때까지, 얻은 다음에도."

애당초 지식을 얻고자 생각하는 자 자체가 드물다고 그녀가 말했다.

"사람들이 영웅에게 바라는 것은 사서(史書)가 아니라 유쾌통쾌한 서사시니까."

—이해가 안 가진 않는다. 고블린 슬레이어는 수긍했다.

머나먼 옛날 일을 떠올렸다. 그 또한 마을에 있을 무렵 몇 가지 영웅담을 듣고서 기억하고 있었다.

그것은 모두 음유시인이 제멋대로 이야기한 모험담이었으리라.

그리고 그것을 믿은 채 모험가가 되겠다고— 아니, 되고 싶다고 생각했다.

될 수는 없다. 될 수 있을 리가 없는데도.

"몬스터 매뉴얼도 그렇지. 우리들은 꽤 고생하거든? 다른 수많은 자의 손도 필요하지."

배우고, 조사하고, 적고, 편찬한다. 고전의 술사의 말이 춤추는 것처럼 공중을 떠돌았다.

그것을 사본하고, 장정하여, 옮기고, 각지에 전달하여, 관리하고, 보관하여…….

아니, 애당초 대전제로 그곳에 이르는 지식마저 필요하다.

"그것을."

고전의 술사는 필요하니까 생물의 배를 가르는 어조로 툭 내뱉었다.

"마을을 뛰쳐나와 이야기도 안 듣고 글자도 못 읽는, 고블린 퇴치에서 죽는 녀석들에게 무상으로 가르쳐줄 의리는 없지."

말해봤자, 그들은 이해할 생각도 없고 이해할 능력도 없다.

—배운다는 것은 그런 것이다.

"고블린의 서를 쓰지 않는다. 그것은 비용 대 효과의 면에서 틀린 판단이라고 생각하지 않아."

고블린 슬레이어는 조금 생각했다. 마을에는 지식신의 사원이 있었다. 작은 것이었지만…….

지금 생각해 보면, 좀 더 다녔으면 좋았으리라.

그는 기어이, 누나에게 배운 문자의 읽고 쓰기 계산 말고 학문을 습득하지 못했다.

"……지식신의 학도는, 학문을 알리는 것에 열심이라고 생각했다만."

"이해도 지지도 하지. 그 이상이 이루어지는 세계란 것은 풍요롭고 상냥하며 평화롭고 근사할 것이야."

고블린 슬레이어는 조금 생각했다. 누구든지 지식을 얻을 수 있는 세계. 상상도 안 된다.

그가 알고 있는 교육은 누나에게 배운 것과 스승에게 배운 일들이다.

문자의 읽고 쓰기는 그렇다 치고— 지식이란 그저 누가 내려주는 것이 아니었다.

누가 내려줘서 얻을 수 있는 것이란 생각도 안 들었다.

"그러나 여기는 이상향이 아니지. 숙명과 우연이 가득한 사방(四

方)세계, 신들의 탁상이니까."

아무것도 모른 채 죽어가는 자, 얼굴도 모르는 그들을 나는 동정하지 않아.

고전의 술사는 그렇게, 그에게 들려주는 것도 아닌 말을 중얼거리고 술병을 사랑하는 것처럼 입술을 대었다.

"지식의 빛은 가늘고, 미망의 어둠은 아직도 클지니."

"……."

"자네의 지식이란 것은, 그런 어둠을 비추는 등불 중 하나일지도 모르지."

고블린 슬레이어는 그 말에 철 투구를 조금 움직여서 그녀에게 눈길을 주었다.

밤의 어둠과 모닥불의 빛 사이, 축 녹아내린 촉촉한 눈동자가 살며시 보였다.

눈의 착각이었을지도 모른다. 고블린 슬레이어는 물었다.

"그러면, 너의 그건 어떻지?"

그녀는 대답하지 않았다. 대답 없이, 애매한 웃음이 불꽃 너머에서 흐릿해졌다.

§

"그러니까, 귀퉁이지."

그녀가 말한 것은, 이제 곧 광야 끝자락을 맞이할 무렵이었다.

발치에 우거진 풀이 줄어들고, 드러난 땅바닥이 나타나고 있었다.

여기서부터는 황야다. 황무지다.

불이라도 났던 듯 적갈색으로 물든 토지는 신화 시대의 싸움이 있었던 오랜 전장이라고도 한다.

"그런가."

흥미 없는 일이었다.

"넷이라고 단정할 수는 없지만, 사방의 하나라고 해도 되겠지. 뭐 이 경우는 개념적인 것이지만."

역시 그는 다시 한 번 「그런가」 하고 반복했다.

"그곳이 목적지인가?"

"어떤 의미로는, 그렇지."

예를 들어서, 라고 그녀는 손을 흔들고 마법처럼 부자연스럽게 주사위를 꺼내서 보였다.

반짝반짝 빛나는 그것은 짐승의 이빨처럼, 혹은 보석처럼도 보였다.

주사위는 기울어 가는 태양의 붉은 빛을 반사해서 여기저기에 빛을 던지고 있었다.

"이 주사위에는 귀퉁이가 몇 개 있지?"

"여덟이다."

"훌륭해. 그러면 면은?"

"여섯이다."

"역시나 훌륭해."

그러면—. 고전의 술사는 빨리 배우는 학생을 지도하는 것처럼, 고혹적으로 입술을 끌어올렸다.

"귀퉁이에 이르면 뭐가 보이지?"

"……."

고블린 슬레이어는 짧게 생각했다. 그리고 그저, 단순한 사실만 말했다.

"3면이겠지."

"바로 그거야."

고전의 술사는 지기를 얻었다는 듯, 볼을 풀면서 고개를 끄덕였다.

뒤돌아 걷고 있음에도 불구하고 위태로운 기색은 전혀 없었다.

고블린 슬레이어는 짐을 고쳐 메고서 정면으로 그녀의 뒤를 따라 갔다.

"산의 정상에 이르고자 할 때, 목적지는 **그곳**일까? 경관일까? 그보다 앞일까? 그런 이야기지."

고블린 슬레이어는 세 번째로「그런가」라고 했다.

"그곳에 고블린이 있는 거군."

"드디어 발견했는데 말이야. 마음이 꺾일 것 같았다니까."

—저걸 좀 보라고.

고전의 술사가 뒤도 보이는 것처럼 말하고, 생긋 웃으며 앞으로 돌아섰다.

고블린 슬레이어는 그 말을 들을 때까지 그것을 눈치 못 챘다.

**암흑의 탑**이다.

흐린 어둠 속에 우뚝 선, 검고, 높고, 그림자 같은 탑.

그것이 황야의 한가운데, 드높은 하늘을 향해 돋아 있었다.

철 투구 안에서 그는 눈을 깜빡였다. 그리고 낮게 신음했다.

"……안 보였다."

"그럴 수 있지. 알 수 있는 자에게만 보이는 것이니."

고블린 슬레이어는 흥미도 없이 고개를 끄덕이고, 쪼그려 앉아 눈에 힘을 주고 탑의 입구를 보았다.

—과연, 있군.

고블린 놈들이 마치 먹물에 물든 것처럼 번지면서 꿈틀거리는 모습이 보였다.

파수꾼이리라.

창을 들고, 졸린 기색으로 멍하니 서 있었다.

"놈들이, 왜, 어째서, 여기에 있는가 따위는 생각해 봤자 소용없어."

귓가에 속삭이는 목소리. 달콤한 사과의 향과 약 냄새.

고블린 슬레이어는 철 투구 안에서 시선을 움직이고, 자신의 어깨에 기대는 그녀를 보았다.

"동쪽 어딘가에서 전투가 있었을까? 고블린의 죽음의 그림자가, 여기까지 뻗은 것이야."

"……그림자?"

이해가 어려운 단어였다.

의문을 품는 고블린 슬레이어의 모습을 깨달은 그녀는 「나중에 설명해줄게」라며 웃었다.

"외벽을 올라가든, 하늘을 날아가든 해서 정상으로 갈 수 있으면 편하겠지만, 그럴 수도 없어서 말이지."

"외벽을 올라간다고."

고전의 술사가 한 말을 고블린 슬레이어가 짧게 중얼거렸다.

과연, 그런 수도 있군.

"……안을 통과하는 건가?"

"그래. 그러면."

스윽, 고전의 술사는 사내의 손길에서 벗어나는 것처럼 몸을 돌리고, 그의 어깨에서 떨어져 섰다.

평소처럼, 싱글싱글 의미심장한 웃음. 그녀는 물었다.

"어떡할 텐가?"

그는 대답했다. 이미 정해진 일이다. 망설일 필요 따위는 아무데도 없었다.

"고블린 놈들은 몰살시킨다."

무엇을 할 것인지는 명백했다.

어디서, 도 알았다.

문제는— 어떻게, 이다.

§

우뚝 선 암흑의 탑 앞에서 모험가와 의뢰인은 기회를 엿보고 있었다.

입구에는 꿈틀거리는 고블린. 탑의 주위에는 나무도 없고, 시야는 탁 트여 있었다.

있는 것은 유일하게, 두 사람이 몸을 숙이고 있는 장미 수풀 정도였다.

이것을 넘으면 이제 고블린에게 발각되지 않을 수 없었다.

"……그림자가 없군."

고블린 슬레이어는 낮은 목소리로 말했다.

저녁 해를 등진 검디검은 그림자에 가라앉은 탑 바깥쪽에는 탑 그 자체의 그림자가 드리우지 않았다.

해가 하늘 꼭대기에 있는 것이 아니라면— 아니, 그렇다고 해도 있을 수 없는 광경이었다.

“몸을 숨기면서 다가가는 건 어렵군.”

그러나 고블린 슬레이어가 신경 쓰는 것은, 그런 **사소한** 것이 아니었다.

물론 고블린은 어둠을 내다볼 수 있으니, 그림자에 숨었다고 해도 의미가 있을지는 알 수 없었다.

그렇다고 노력도 안 하고 정면으로 가는 것은, 무척 마음에 안 들었다.

“잘 보도록 해. 고블린 놈들도 그림자가 없지?”

고전의 술사가 흥분을 숨기지도 않고 약간 흥분한 목소리로 빠르게 말했다.

“저건 말이지, 모두 그림자이기 때문이야. 그림자에는 그림자가 안 생기지. 당연한 이치. 알겠나?”

“모르겠다.”

고블린 슬레이어는 짧게 말했다. 낮게, 신음하는 목소리였다.

“아까도 말했지만, 그림자란 건 뭐지?”

“마술사가 쫓아다니는 거야.”

고전의 술사가 씨익 웃었지만, 고블린 슬레이어는 재미도 없는지 입을 다물었다.

"아까도 말했지. 생각해도 소용 없어. 어느 전장에서 재래(리스폰)한 거야."

"……."

"그러니까 탑과 마찬가지로, 어딘가에 있는 고블린들의 그림자가 드리운 거지. 예를 들어서……."

고전의 술사가 말하고, 의미심장한 동작으로 고블린 슬레이어에게 눈길을 흘렸다.

"자네가 말하는, 녹색 달에서, 라거나."

"……그래서, 저건 죽일 수 있나?"

그리고 그 단적인 말에 고전의 술사는 추파를 던지던 눈을 홉떴다.

이어서 큭큭. 어린애가 진리를 맞췄을 때처럼 유쾌한 기색으로 목을 울렸다.

"그림자 없는 자는 생자로 보기엔 부족한 법. 표리일체. 물론『그림자를 죽일 수 있는』장소가 없지는 않아."

"죽일 수 있나."

고블린 슬레이어는 자신이 아는 부분만 해석하고 그렇게 판단했다.

그렇지 않다면 이 의뢰인이 그를 여기까지 데리고 오는 일도 없었으리라.

응, 고전의 술사는 수긍했다.

"영향이란 건 좋은 말이야. 그림자의 울림은 본체를 지나는 법. 진정한 탑에도 동일성을 이용해서……."

이것은 말해 봤자 소용없군. 고전의 술사가 중얼중얼하더니 생긋 웃었다.

"뭐, 저주의 일종이라고 생각하도록. 그림자를 밟으면 저주에 걸려서, 고블린은 죽는다. 그런 원리야."

"알았다."

고블린 슬레이어는 말했다. 저주 따위 그는 모른다.

"그러면 됐다."

중요한 것은 오로지 한 점.

언제 어째서 나타났는지도 모르는 탑에 대해서도, 그림자라는 고블린 놈들도 이해는 못한다.

"다시 말해서, 저 고블린 놈들은 죽일 수 있다는 거군."

그 다음의 움직임은 신속했다.

무엇을 하면 되는지만 알면 망설일 것이 있으랴?

고블린 슬레이어는 황야에 굴러다니는 돌멩이를 주워서 가장 형태가 좋은 것을 골라 쥐었다.

"공격한다."

말하자마자 그 자갈을 날카롭게 던지고 검을 뽑아 달려들었다.

좌악. 장미를 헤치면서 뛰쳐나간 그를, 망을 보던 고블린이 깨닫고 입을 열었다.

그곳에 뛰어드는 것처럼 자갈이 공중을 달리고, 고블린은 비명도 못 지른 채 뇌간을 맞아 넘어가 버렸다.

"GOROBBG?!"

"하나……!"

또 한 마리의 파수꾼이 황급히 창을 겨누지만 고블린 슬레이어는 정면으로 부딪혔다.

"GBB! GROBG!!"

조잡한 창의 끝을 원형 방패로 비껴내고, 목젖을 파헤치는 것처럼 칼날을 박고 비틀었다.

"GRBBO?!"

저녁의 어둠 속에서 지저분한 피의 검붉은 색이 포물선을 그리며 흩어지고, 철 투구를 더럽혔다.

"둘이다."

그는 검을 뽑아 휘둘러 피를 떨쳐내고, 계속 경련하는 또 한 마리의 목을 찔러 마무리를 지은 뒤에 말했다.

"……피가 나온다면 죽일 수 있는 건 분명하군."

촉감을 비롯한 모든 것이 진정한 고블린과 다름없다. 시체가 사라지지도 않는다.

그림자다 뭐다 하는 것은 그다지 의식하지도 않아도 되리라. 고블린은 고블린이다.

그는 피와 지방을 고블린의 허리천으로 닦아내고 덤으로 창을 주웠다.

그림자든 뭐든, 이것이 무기인 이상 무슨 문제가 있으랴?

"눈치채기 전에 들어간다. 와라."

"이거 참. 자네는 정말 성급하군……. 앗, 기다리라고."

수풀에 숨어 있던 고전의 술사가 부름을 듣고 부스럭부스럭 일어섰다.

그녀는 장미를 밟지 않도록 디디는 동작으로 달려서 고블린의 시체에 손을 뻗었다.

또 그 뒤틀린 나이프를 뽑는가 했는데, 아니었다.

"시간이 없으니까. 이 정도로 얼버무려 두지."

그녀는 웃으며 피 묻은 손가락을 들더니, 얼굴에 복잡한 문자 같은 것을 그렸다.

고블린 슬레이어는 물씬 풍기는, 무슨 새로운 잉크 냄새를 맡은 기분이 들었다.

"무슨 주문인가?"

"그저 향을 더하는 문구(플레이버 텍스트). 자, 가자!"

고블린 슬레이어는 고개를 끄덕이고, 암흑의 탑 입구를 통과했다.

§

—본 적이 없는 경치지만, 비슷한 경치가 이어진다.

용도를 알 수 없는 도구로 가득한 통로를 빠져나가면서 고블린 슬레이어는 생각했다.

탑 안은 기이할 정도로 틀어지고 복잡한 미로 같은 꼴이었다.

금속일까? 연결부가 없는 통로가 계속해서 이어지며 창문도 없고, 통로는 옆으로 두 사람 서는 게 고작.

돌입하기 전에는 횃불이 필요할까 생각했지만, 광원이 있는 것도 아닌데 신기하게 잘 보였다.

그러나 어떤 원리인지 일정 이상의 거리는 어둠이 가로막는 것처럼 시야가 차단되고 만다.

시험 삼아서 점화한 횃불을 던져 봐도 변함이 없으니, 여기는 이런 장소라고 납득했다.

“사실을 그대로 받아들일 수 있는 건 자네의 미점이야.”

고전의 술사는 웃었지만…….

어쨌거나 고블린 놈들의 대군과 마주치지 않는 것은 좋지만, 이동에 시간이 걸리는 것이 난점이었다.

“여섯……!”

“GBBOR?!”

고블린 슬레이어는 모퉁이에서 마주친 고블린의 콧잔등에 원형 방패의 테두리를 때려 박았다.

코뼈가 부러지고, 뇌에 박히고, 고블린은 피를 뿌리면서 뒤집어져 숨이 끊어졌다.

고블린이라지만 뇌가 급소인 것은 틀림없었다.

싸우고, 생각하고, 조사하고, 분석하여, 그는 그 결론을 이끌어냈다.

고블린을 한 마리씩 해치울 때마다, 지식이든 기술이든 뭔가 얻는 것이 있다.

모든 것은 연습이며, 실천이며, 그리고 경험이었다.

“일곱!”

예를 들어, 이거다.

고블린 슬레이어는 손에 든 창을 들어 올려, 통로 안쪽을 향해 있는 힘껏 던졌다.

공간을 꿰뚫은 그 창은 그대로 또 한 마리 고블린의 가슴팍에 박혀서 치명상을 입혔다.

부글부글 피를 토하며 몸부림치는 놈에게 뛰어들어, 고블린의 목을 짓밟아 부러뜨려 처치한다.

"투척에서부터 돌격도, 상당히 능숙해졌군."

큭큭. 한 걸음인가 두 걸음 뒤를 따르는 고전의 술사가 웃음을 죽이면서 말했다.

"실내든 어디든 선수를 취해서 사격을 할 수 있다면 그건 강점이니까."

활과 달라서 양손도 막히지 않는다.

고블린 슬레이어는 그녀의 말에 수긍하고 고블린의 곤봉을 주웠다.

"행선지는 알 수 있나? 길을 잃으면 힘들어진다."

"아아, 그건 괜찮아."

고전의 술사가 말하고, 우아한 손놀림으로 오른손을 뒤집었다.

그곳에 반짝반짝 빛나는, 그 등불의 빛이 있었다.

"이게 인도해주지— 그렇다기보다는, 내가 가는 곳이 목적지가 된다, 라고 해야 할까?"

"모르겠군."

"어디로 갈 건지는 등불이 아니라, 그 주인이 정한다는 것이야."

그대로 나아가도록 해. 고블린 슬레이어는 그 말에 따랐다.

몇 개의 분기점과 방을 돌파했다. 그러나 여전히 변화가 없는 내장이 이어졌다.

이윽고 도착한 그 방도 마찬가지, 텅 빈 곳에 중후한 문이 있는 것만 달랐다.

아니, 그리고 또 하나…….

"이건, 뭐지?"

흑단으로 만들어진 것으로 보이는 열쇠 구멍이 없는 문 앞에 둥실 둥실 떠오른 안개 같은 것이 있었다.

고블린 슬레이어는 일단 그것을 무시하고 문을 살폈다.

열쇠구멍이 없는 건 좋다. 양쪽으로 열리는 문으로 보이는데, 이음매조차 보이지 않았다.

"우~응……. 그렇다면, 이것이 요체라고 봐야 하겠군."

고전의 술사는 즐거운 기색으로, 그리고 고민스런 목소리를 내면서 그 안개를 찌르고 휘저었다.

그때마다 검은 안개는 몽글몽글 형태를 불확실하게 바꾸면서, 거품처럼 튕기면서 흔들리고 움직였다.

"투영된 탓에 올바른 형태를 잃은 입체……. 다시 말해서 열쇠, 라고 생각하는데."

"어떻게 할 수 있나?"

"이건 올바른 형태로 다시 조립하면 되는…… 걸까?"

"나는 모른다."

고블린 슬레이어가 응답하고, 자신들이 온 길을 돌아보았다.

드디어 이변을 깨달은 것일까? 고블린 놈들이 키익키익 외치는 소리가 들렸다.

그리고 우다다다 하는 발소리, 외침 소리. 잡다한 무구가 부딪히는 소리.

철 투구 아래서 숨을 내쉰다. 그래도 편하다. 등 뒤에 적이 없고, 문은 하나다.

마을을 지키는 것보다는 훨씬 편하다. 질 수 없는 것은 늘 있는 일. 해야 할 일도 변함이 없다.

“맡긴다.”

“응, 뭐, 해보겠습니다요.”

고블린 슬레이어는 그녀의 듬직한 목소리를 등으로 받아내며, 뛰어들어온 고블린에게 곤봉을 휘둘렀다.

“GOBORO?!”

“흥.”

두개골이 부서지고, 뼈와 피와 뇌수를 뿌리면서 날아가는 고블린.

거기에 휘말려 든 두세 마리가 날아가는 것에 맞추어, 그는 곤봉을 버리고 허리를 깊숙하게 낮추어 대비했다.

지저분한 가죽 갑옷, 싸구려 철 투구. 왼손에는 자그마한 원형 방패를 고정하고, 오른손에는 어중간한 길이의 검.

“GOB! GOOBBG!!”

“이걸로, 열이다!”

함성을 지르면서 뛰어드는 고블린에게 그 턱 아래쪽을 꿰뚫는 것처럼 칼날을 찔렀다.

“GOBOGO?!”

움찔 몸을 떨면서 몸부림치는 고블린의 시체를 옆의 한 마리에게 휘두르듯 뽑았다.

곧장 왼쪽에서 덤벼드는 고블린의 곤봉을 방패로 받아내고, 팔이 저리는 것도 개의치 않고 휘둘렀다.

“열하나……!”

발을 구른 참에 목젖에 검을 박아 넣어 처리한다. 피가 뿜어져 나오며 자루와 손을 더럽혔다.

고블린 슬레이어는 주저 없이 검을 놓고, 고블린에게서 손도끼를 가로채며 시체를 걷어찼다.

첫 한 마리, 그 시체를 치운 고블린 놈들이 앞으로 닥쳐 들고 있었다.

"음……!"

그 창을 왼손 방패로 막아내고 손도끼를 일격. 견제 따위 생각지 않는다. 모두 필살을 의식한다.

—상대는 죽일 생각으로 공격해오는데, 안 맞아도 된다면서 이길 수 있다고 생각하느냐?

스승은 그렇게 말하고 자신을 쥐어박았다.

죽일 생각으로 검을 뽑아 휘두르고, 그것이 견제가 된다면 좋은 것이다.

고블린 슬레이어는 깊숙하게 숨을 내쉬고 호흡을 정돈하면서, 고블린의 두개골에 묻힌 도끼를 뽑았다.

"열과, 둘."

"GOROBG……."

"GBBB……!"

공격을 가로막힌 고블린 놈들이 원한을 품고서 으르렁거렸다.

이미 이 거리까지 다가오면 냄새 따위 상관없으리라.

여자다. 여자가 있다. 젊은 여자다. 게다가 이 녀석들은 둘밖에 없다. 덮쳐라. 빼앗아라.

추악한 얼굴에 욕망과 증오가 가득했다. 그림자라도 고블린. 아니, 그림자이기 때문일까?

고블린 놈들은 기껏 여자를 봤는데도 앞길을 가로막혀서 지독하게 짜증을 내고 있었다.

공격하려는 것이 자신들이면서, 그것을 방해하는 것에 납득을 못한다.

이놈만 사라지면. 이놈 탓에.

"GRRGB! GBGOROGOB!"

"GOROGG!"

고블린 슬레이어는 고블린어를 모른다.

그러나, 놈들이 그렇게 생각하리란 것은 신기하게도 손에 잡힐 듯 알 수 있었다.

―어떻게 죽여줄까?

그렇게 생각하고 손도끼를 고쳐 쥔다. 덤벼보라지.

좁은 입구에서 다수의 유리함과 기습을 봉하고 1대 1이 되면, 고블린을 상대로는 지지 않는다.

적어도 체력이 이어지는 한은, 이지만―.

"……이건 뭐지?"

그렇기에 등 뒤에서 고전의 술사가 당혹하는 목소리를 내도, 그는 당황하지 않았다.

"이상해, 이상하다……!"

"왜 그러지?"

"이런 입체가 존재할 리가 없어! 구조상, 있을 수가 없어!"

"그런가."

그녀가 이런 초조하고 곤혹스런 목소리를 내는 것을 그는 처음 들었다.

어떻게도 생각하지 않는다. 그리 깊게 아는 사이도 아니다.

다른 사람의 모든 것을 이해했다는 생각을, 어찌 오만하게 할 수 있을까?

"아직 한동안은 괜찮다."

그가 낮게 말했다.

"한동안은."

"그, 그래, 알고 있지…… 알고있고말고……!"

고블린 슬레이어는 그녀가 엄지손가락 손톱을 깨무는 소리를 들었다.

그러나 그보다도, 여자의 목소리를 듣고서 역겹게 웃는 고블린의 움직임이 중요하다.

"GGOBOGOBG!!"

도약.

동료의 시체를 짓밟고, 고블린 슬레이어의 머리 위를 넘어서 돌파하고자 하는 것이다.

고블린 슬레이어는 깊숙하게 숨을 내쉬었다. 체력은 충분하다.

"GOROR?!"

"열셋."

고블린의 사타구니가 약점이란 것은 알고 있었다.

고블린 슬레이어는 가차 없이 사타구니에 손도끼를 박아서 떨어뜨렸다.

"GOBOGOBOGOOOBO?!?!"

들어주기도 싫은 탁한 비명을 지르고 흰자위를 드러내며 경련하는 고블린.

고블린 슬레이어는 그 꼴에 눈길도 주지 않고, 자기 단검을 뽑아 옆으로 던졌다.

"GOROB?!"

"열넷. ……흠."

눈에 박힌 단검을 뽑고자 비명을 지르며 뒤집어져 몸부림치고, 고블린은 그대로 숨이 끊어졌다.

고블린 슬레이어는 고개를 끄덕였다. 과연, 눈은 부드러운 거군.

"노릴 수 있다."

언젠가 눈가림도 생각해보지. 언젠가— 언젠가가 있다면, 이지만.

고블린 슬레이어는 발치에 굴러다니는 고블린의 무기를 차올려서 붙잡았다.

"GOROG! GGBOROGO!"

"GOOROGBG!!"

싸우는 소리는 이어진다.

한편으로 고전의 술사는 단정한 얼굴이 굳어져서, 땀과 눈물을 맺으며 안개에 도전하고 있었다.

그것은 그야말로 안개였으며, 그 실체를 붙잡고자 하는 일은 하늘로 손을 뻗는 것과 마찬가지.

그렇지만, 그게 어쨌다는 것인가?

지금까지하고 무엇 하나 다르지 않다.

그녀가 쌓아 올린 모든 것은 그렇게 손에 넣은 것이다.

가방에서 흑판과 백묵을 꺼내 바닥에 엎드린 그녀는 하염없이 수를 새겼다.

모든 것은 숫자다. 사상(데이터)은 숫자로 만들어져 있다.

그것이 사상이라면, 신마저도 해명한다. 해명해내야 한다.

하나, 둘. 고블린 슬레이어가 고블린의 시체를 쌓는다.

그것에 맞추어 그녀의 명석한 두뇌가 하나, 둘, 애매한 것을 연결시킨다.

"—그렇군, 알았다! 알았다! 알아……냈다!!"

쾌재를 올린 것은 고블린의 시체가 더욱이 열을 거듭했을 무렵일까?

고전의 술사는 백묵을 던지고, 직접 짜 올린 마술서인 카드 다발을 붙잡았다.

"하나 위 차원의 입체! 그것이, 종이에 입체를 그리는 것처럼—다시 말해서, 이건 그림자다!"

그녀는 힘차게, 암흑의 탑 바닥을 차고서 일어섰다.

그리고 손에 든 카드를 앞면으로 뒤집고, 솟아오르는 마력의 소용돌이로 안개에 도전했다.

"셋의 정점, 셋의 선. 넷의 정점. 넷의 면. 그렇다면 하나 위의 차원에서 최소한의 도면!"

말의 흐름이 주문처럼 검은 안개를 차례차례 덮치자— 허공에서 뒤집히고 꽃이 피는 것처럼 변화했다.

"……다시 말해서 다섯의 정점, 다섯의 포(胞)(셀)!"

철커덕. 무언가 움직이는 소리가 들렸다.

곧장 흑단의 문에 한 줄기, 검으로 베어낸 것처럼 빛이 들어왔다.

—암흑의 탑이 열렸노라!

"해냈다아아!!"

고전의 술사는 뿔피리라도 부는 것처럼 드높은 소리로 외쳤다.

"알고 나면 별 것 아니야. 어린애 속임수! 고블린 슬레이어!!"

"……그래."

그는 26마리째 고블린에게 뛰어들어 눈구멍에 부러진 창의 날을 박아서 비트는 참이었다.

창날을 뽑자 안구가 시신경과 함께 이어져서 뺀고, 찢어져 버린다.

고블린 슬레이어는 그것을 던져 버리고 뒤돌아서 단숨에 달렸다.

"GORO! GGBGOGOB!!"

"GOROGB!!"

곧장, 장애물이 사라진 고블린 놈들이 급류처럼 방으로 밀려들어 왔다.

"그 문은 닫을 수 있나?!"

"물론! 나를 누구라고 생각—."

"그러면, 해라……!"

"히약!"

고블린 슬레이어는 고전의 술사가 외치는 것도 개의치 않고, 가녀린 몸을 낚아채 안았다.

"정말이지, 조금 더 여성을 다루는 법을 배우는 편이 좋다고 생각하네. 자네는 말이야!"

"됐으니까, 서둘러라!"

고블린 슬레이어는 불평불만을 모두 무시하고 문 안으로 스르륵 뛰어들었다.

돌아보는 등 뒤에서 고블린 놈들이 소리치고 침을 튀기며 덤벼든다.

"알고말고."

어깨에 짊어진 상태에서 불평을 흘리며, 고전의 술사가 손가락을 스윽 움직였다.

검은 안개가 응답하여, 커다랗게 뒤틀리면서 형태를 바꾸었다.

"GOROOGGB!!"

문 안으로 고블린이 밀려들고자 손을 뻗는다. ――그러나, 늦었다.

"너는…… 안 불렀어."

소리도 없이 흑단의 문이 폐쇄되고 자물쇠가 걸렸다.

뒤에 남은 것은, 호두라도 깨는 것처럼 잘려 나간 고블린의 팔뿐이었다.

§

"……결국, 저건, 뭐였던 거지?"

길게 하염없이 계속 이어지는 나선계단을 오르며 고블린 슬레이어는 말했다.

문 너머는 끝이 없는 것 아닐까 생각될 정도로 계단이 빙글빙글 소용돌이치며 뻗어 있었다.

탑의 높이를 생각하면 이건 당연한 것 같기도 하다. 모험가와 의뢰인은 불평하지도 않고 계속 올랐다.

그 침묵을 견디지 못했다, 라는 건 아니리라.

"응, 저건 말이지."

고전의 술사는 어린애가 자랑이라도 하는 것처럼 가슴을 폈다.

"뭐, 그림자야. 선과 면의 세계에 사는 것은 높이를 이해할 수 없지. 우리 또한 마찬가지……."

세로, 가로, 높이에 더해서 또 하나의 공간을 가리키는 좌표, 축이 있는 물체…….

그녀가 그렇게 말하고 입술 끝을 자랑스레 씨익 끌어 올렸다.

"……그렇지만 입체의 그림자를 보고서, 그 형태를 이끌어낼 수 있지. 지혜가 있으면, 말이야."

"그게, 그 묘한 물건인가?"

"그런 것이야."

"고블린 놈들은 그걸 돌파할 수 있나?"

흐흠. 그녀는 계단 내벽에 손을 대고서 몸을 지탱하듯 멈춰 섰다.

고블린 슬레이어도 멈춰 서서, 돌아본 고전의 술사를 보았다.

그녀는「응」하며 고개를 끄덕이고 말했다.

"자네 질문이 어떤 의도인지는 알겠지만, 문자 그대로 대답하면 못하지."

"무리인가."

"불가능하지는 않아. 원숭이가 엉망진창으로 글자를 써서 우연히 걸작 소설이 완성될 정도의 확률이지."

혹은 우발적으로 용과 조우하는 것처럼. 고블린 슬레이어는 낮게 으르렁거렸다.

제로는 아니다. 그 사실은 용기를 주기도 하는 반면, 불쾌하기만

한 경우도 있다.

우연이든 숙명이든, 일어날 수 있는 일은 일어난다. 빌어먹을 일이다.

"그러면 내 의도에 따른 대답을 해라."

"앞으로도 고블린이 있는가 하는 의미라면, 있지."

고전의 술사는 내팽개치듯, 적당히 내던지는 손동작으로 손을 흔들었다.

"저건 그림자니 말이야. 문득 깨달으면 거기에 있지. 발생원을 생각해 봤자 소용없어."

"그런가."

"나도 놀랐다니까."

그녀는 허리의 술병을 사랑스레 쓰다듬고 입을 맞추더니 목을 꿀꺽 꿀꺽 울리며 그것을 들이켰다.

후우. 열을 띤 한숨을 흘리고 입가를 손등으로 닦았다.

"간신히 목적지에 대한 단서를 찾았다고 생각했는데, 고블린의 소굴이 돼있지 않겠어?"

"그런 일은 흔히 있다."

고블린 슬레이어는 낮은 목소리로 신음하듯 중얼거리고 짧게 덧붙였다.

"대단히."

"숙명이라고 생각해야 할지, 우연이라고 생각해야 할지, 고민스럽군."

"흥미 없다."

“매정하기는.”

깔깔 웃는 고전의 술사를 무시하고, 고블린 슬레이어는 다음 단에 발을 올려 걷기 시작했다.

고블린이 있다면 그것에 의식을 집중해야 한다. 그밖에는 사소한 일이다.

가방을 뒤져서 스태미나 포션(강장의 물약)을 꺼내 그녀를 본받아 한 모금 들이켰다.

이 탑의 높이와 고블린과의 싸움이 어느 정도 이어질 지 알 수 없는 이상 조금씩 마셔야 한다.

“뭐, 고블린이 아닌 것은 걱정할 것 없어.”

뚜벅뚜벅 살며시 뛰어서 뒤를 따르는 고전의 술사는, 역시 자신만만한 어조로 말했다.

“이것이 우리들을 위한 탑이라면, 그 부정형이야말로 내 장애물……다시 말해서 신의 그림자이지.”

“신.”

“허상이나 메아리 같은 거지. 신의 모습 따위는 알 수가 없어. 내 수식이 그것일지도 모르거든?”

—신.

고블린 슬레이어는 돌아보지도 않았다. 아무래도 인연이 없는 말 같았다.

어쨌거나, 고블린이 아니라면 상관없었다.

§

실제로 고전의 술사는 자기가 한 말을 지켰다고 할 수 있었다.

"좋아…… 좋아, 좋아!"

그녀는 다음 계단에서도 신들의 포말에 도전하여, 어엿하게 승리를 이루었으니까.

"법칙, 방식만 알면 다음은 계산이다! 꼴좋다! ……응, 틀림없지!"

계산식을 자아낸 백묵과 흑판은 제2단계에서 일찍부터 사명을 마쳤다.

그녀는 턱 끝에 손가락을 대고 중얼중얼 사고에 빠지더니 소리 높여 외쳤다.

"8이다!"

부정형의 포는 빙글 뒤집어지더니, 별처럼 반짝이며 열쇠로 변하고 앞으로 이어지는 문을 밀어 열었다.

닥쳐오는 고블린을 막아낸 고블린 슬레이어는 곧장 그녀를 짊어지고 그 앞으로 뛰어들었다.

"자네, 조금 더 정중하게 다루라고 말했지!"

"흥미 없다."

모든 것은 그 반복이었다.

제3층, 제4층에서는 그녀는 아예 계산하는 시늉도 하지 않았다.

힘차게 바닥을 차고, 솟아오르는 마력으로 카드를 다루며 순식간에 열쇠를 돌려 버렸다.

"16—."

그리고.

"—24!"

그야말로 마법 같았다.

덕분에 고블린 슬레이어는 상당히 체력을 보존할 수 있었다.

고블린 놈들의 기세는 단계가 올라가도 변할 낌새가 없었다.

일망타진을 할 수 없다면 이쪽이 하염없이 지칠 뿐이다.

수법을 바꾸고, 도구를 바꾸고, 무기를 바꾸고, 지혜를 구사하여, 형태를 맞추고, 그것을 깨부순다.

목을 찢어내고, 눈구멍을 파헤치고, 두개골을 부수고, 내장을 뭉개고, 안면을 구타한다.

그것은 적으면 적을수록 좋다.

그런 의미에서 제5층은— 다소 곤란했다고 말해도 되리라.

"으, 으, 음……. 이건 또 제법이군."

"어려운가?"

고블린 슬레이어는 백하고도 둘, 혹은 세 마리째의 목을 짓밟아 부쉈다.

"GOROOG! GBBGR!"

"GRB!"

어깨를 들썩이며 신음하듯 숨을 쉰다. 호흡을 억지로 가다듬고, 이어지는 고블린을 방패로 때려눕힌다.

휴식을 취하고 약을 마셨다고는 해도 피로는 축적되기만 한다.

장대한 미궁을 계속해서 탐색하는 것은 그야말로 금 등급이나 백금 등급 같은 강자들뿐이다.

아직 하위에 머무르는 고블린 슬레이어는 생각하기도 어려운 세계였다.

―그러나, 마을의 싸움보다는 낫다.

그는 과거에 하나의 마을을 지키기 위해서 한 곳에 머무르며 싸운 일을 떠올리고, 그렇게 단정했다.

별 것도 아니다. 그것과 비교하면 정면만 경계하면 된다. 비도 안 내린다.

지켜야 할 것은 한 사람. 무기는 저쪽에서 가지고 온다. 문제는 체력, 그리고 집중력이다.

"어렵냐고? 용케 그런 말을 하는군!"

고전의 술사 또한 드높이 짖었다.

어렵다? 어렵다고? 지금 누구한테 말하고 있는 건지 알고는 있는 것인가?

그녀는 전장을 내려다보는 군사 같은 눈초리로 고차원의 그림자를 노려보고 카드를 다루었다.

"보아라! ―120정도를 조합하는 것은 한 수면 충분하다!"

공간에서 포가 열리고, 싹을 틔우고, 꽃을 피우듯 열쇠를 만들었다.

열쇠가 돌아간다. 소리 없이 문이 둘로 갈라진다. 고전의 술사는 흐흥 코웃음을 쳤다.

"자, 길은 열렸노라! 간다, 고블린 상대할 시간은 없지!"

고블린 슬레이어는 대답하지 않고 「백다섯」이라며 고블린의 목을 검으로 찔렀다.

"GOOBGGRORO?!"

비명을 지르며 쓰러지는 고블린의 기세에 맡기며 검을 손에서 놓고 발치의 곤봉을 주웠다.

"간단히, 섬멸할 수는 없군."

"무한히 솟아나온다고 말했지! 이쪽의 자원은 유한해!"

고블린 슬레이어는 낮게 혀를 차더니, 재빨리 돌았다.

지금까지 일로 학습했는지 고전의 술사는 이미 문 안으로 들어가 있었다.

"들린 채로 이동하는 건 싫으니까!"

그 말을 맞이하면서 고블린 슬레이어는 그녀의 뒤를 따랐다.

"GOOBGRG!"

"GB! GBOOR!"

등 뒤에서 소리쳐대는 고블린들의 소리는 문이 딱 닫히자 막혀버렸다.

또 다시 기나길게 이어지는 나선계단의 기점에서 고블린 슬레이어는 숨을 크게 내쉬었다.

"마음에 안 든다."

"뭐가 말인가?"

고전의 술사가 계단에 앉으면서 고개를 갸웃거렸다.

그녀는 상당히 내용물이 줄어들어버린 사과주를 아쉬운 기색으로 홀짝거리며 핥았다.

"이 고블린 놈들이 바깥으로 나가면, 큰일이다."

"하하하하하. 나는 분명히 돌아가는 길을 걱정하는가 싶었는데."

고블린 슬레이어는 고개를 옆으로 저었다. 올라가는 것이 내려가는 것이 되는 것뿐, 하는 일은 변함이 없다.

"뭐, 안심하도록 해. 놈들은 탑의 그림자 속에 있는 것이니."

"탑에서 벗어날 수는 없단 말인가?"

"그리고 날이 저물면 그림자는 사라진다. 탑이 있는 동안이야. 아마도……."

그렇게 말한 그녀는, 녹아내리는 것처럼— 꿈꾸는 눈으로 나선계단의 소용돌이 앞을 보았다.

"……내가 도달하면, 그걸로 끝이야."

"그런가."

단적인 말이었다.

고전의 술사는 맥 빠진 기색으로 그를 보고, 그리고 깔깔 웃었다.

처음 만났을 때가 떠오르는 것처럼, 배를 움켜쥐고 굴러다닐 것처럼 웃었다.

"자네는 정말로 이상한 녀석이야! 신경 쓰이지도 않나? 뭐가 있는지 뭘 할 셈인지."

"흥미 없다."

그는 고개를 옆으로 저었다.

"아니……."

고전의 술사는 앉은 채 무릎 위에 팔을 올리고 턱을 괴더니, 이어지는 말을 즐겁게 기다렸다.

고블린 슬레이어는 역시 낮게 신음하고, 그리고 천천히 조용하게 말했다.

"……선생님 말로는, 만사는 모두『한다』와『하지 않는다』라고 한다."

"레아 선생님이랬지."

고전의 술사는 눈을 가늘게 떴다.

"성패가 아니라?"

"성공도 실패도, 했으니까 일어나는 일이다. 하지 않으면 안 일어난다."

남에게 이걸 말하는 건 처음이었다. 어째서 말을 할 생각이 들었는지도 모르고 있었다.

그렇고말고, 그는 중얼거렸다. 그는 하지 않았다. 하려고 하지 않았다. 그러니까.

"남이 하겠다고 정한 일을, 나는 뭐라고 안 한다."

"고블린 퇴치에 방해가 되지 않는 한?"

"그래."

고전의 술사는 고개를 끄덕였다. 마음 속 깊이 진심으로, 기쁜 기색으로 고개를 끄덕였다.

"자네에게 의뢰를 한 게 정답이었던 것 같군. 고블린 슬레이어."

"그런가."

"흐흥."

그녀는 코 아래를 슥슥 비비고, 경쾌하게 훌쩍 일어섰다.

"그러면 가자! 의뢰인의 목적지는 이제 금방이다, 모험가!"

알 수 있나? 고블린 슬레이어가 묻자, 그녀는 물론이라고 응답했다.

"4, 6, 8, 12, 20. 이 다섯이 우리들이 아는 물건의 형태의 기준인데 말이지."

계단을 올라가 고블린이 배회하는 회랑으로 발을 들였다.

말소리를 죽이고, 숨을 죽이고, 고블린을 죽이고, 안으로, 또 안으로.

나른 계층이라도 세부적으로 다르지만 대강의 구조는 변함이 없는 모양이다.

목적하는 방이 탑의 중앙에 있는 것은 명백하며, 의뢰인과 모험가는 망설임 없이 나아갔다.

아니, 그녀의 손에 등불이 반짝이는 한, 길을 잃지는 않으리라.

"지금까지 탑에 드리운 그림자는 5, 8, 16, 24, 그리고 120이지."

"다섯이군."

고블린 슬레이어는 등 뒤에서 고블린의 입으로 손을 돌려, 한 일자로 목젖을 베어 버렸다.

피이이이 피리처럼 소리를 내며 피가 뿜어져 나온다. 숨이 끊어질 때까지 기다리고서 시체를 던졌다.

"그러니 이걸로 끝일 거라고 나는 생각하거든. 아마도 같은 다섯이면 되지 않을까, 싶어."

"그런가."

"뭐, 가보지 않으면 알 수 없지만…… 말이야."

과연, 그녀 말이 맞았다.

다시 말해서 마지막으로 추정되는 방에 역시나 흑단의 문이 있고—그 앞에는 역시나 그림자.

"인정하기 싫지만 계산이 틀렸다."

이것에는 고전의 술사도 표정을 찌푸리며 말했다.

"그러나, 뭐, 기본은 같아. 어떻게든 되겠지."

"그런가."

고블린 슬레이어는 수긍했다.

"그러면, 내가 할 일은 변함이 없군."

"GOOBOGR! GOOROG!"

"GGOBOGOB!!"

등 뒤에서 밀려드는 고블린 놈들의 소리마저도, 아무것도 변함이 없었다.

고블린 슬레이어는 약간 무거워진 몸을 억지로 움직여, 입구에 진을 쳤다.

가방에서 스태미나 포션을 꺼냈다. 이미 거의 안 남았다. 그것을 단숨에 들이켜 싹 비웠다.

"GOROOGB!"

"……수를 알 수 없게 됐군."

혀를 차면서 그것을 투척. 고블린의 두개골이 깨지는 소리가 싸움의 개막이었다.

"하나다."

"거기에 백다섯과 열둘을 더해."

돌아보지도 않고 던진 말에 고블린 슬레이어는 흥 작게 중얼거렸다.

"백열여덟."

그리고 손에 든 곤봉을 치켜들어, 다음 고블린을 내리쳤다.

"GOOBOG?!"

"백열아홉이다!"

§

고블린을 벤다. 찌른다. 두드린다. 때린다. 두들겨 팬다. 그리고 죽인다.

"GGOBOGR?!"

"GOOGRB! GBOG!!"

단적으로 말해서, 시체의 산을 쌓으면서도 고블린 슬레이어는 밀리고 있었다.

그림자라서 그런 걸까? 아니면 고블린이란 그런 것일까?

좁은 입구로 흘러 들어와서 죽고 주검이 쌓여갈 뿐인데, 도무지 기세가 꺾이지 않는다.

뿐만 아니라 고블린 놈들은 동료의 시체를 방패삼아 그 너머에서 돌을 던지기도 했다.

"…………칫."

투척된 돌이 둔한 소리를 내면서 방패에, 투구에 튕겨나간다. 팔이 저린다. 머리가 흔들린다.

어깨에 맞은 것은 갑옷 너머로도 살을 두드리고, 방패를 움직이는 동작에 지연이 생기고 있었다.

그것을 호기로 보고 고블린이 곧장 차폐물에서 뛰쳐나왔다.

"하, 압!!"

"GOROBG!!"

고블린 슬레이어는 반쯤 손에서 빠져나가는 형태로 검을 투척하여 그것을 먼저 제거했다.

목에 검이 박혀 피거품을 부글부글 튀기면서 고블린이 뒤집어져 쓰러졌다.

기쁘게도, 무기의 재고라면 발치에 얼마든지 있었다.

고블린 슬레이어는 곤봉을 차올려 붙잡고, 신음하듯 호흡을 반복하며 숨을 골랐다.

의식한 것인지 본능적인 것인지는 모르겠지만, 고블린은 수를 의지해서 공격하는 술수를 잘 알고 있었다.

자신만 득을 보려고 선봉에 서거나, 혹은 그 바보 같은 동포를 미끼로 이용한다.

죽음을 두려워 않는 것이 아니다. 자신은 죽지 않을 거라는 근거 없는 확신이 그것을 이룬다.

끊임없이 이어지는 포화공격은 착실하게 고블린 슬레이어의 체력을 소모시켰다.

애당초 여기에 오는 동안 한 싸움조차도, 지금까지와 비교가 안 된다.

과거에 갔던 마을에서 방위전을 경험했으니 여기까지 버텨낸 것이다.

물론, 그때는 방어를 펼칠 시간이 충분히 있었다. 바리케이드를 만들면 좋겠지만.

—손이 부족하군.

고작해야 고블린. 최약의 괴물. 그 사실은 아무리 발버둥 쳐도 흔들리지 않는다.

그렇지만 그 물량은 모험가의 파티를 짓뭉개는 일도 있다. 하물며 혼자라면.

고블린 슬레이어는 그것을 배웠다. 살릴 기회가 있을지 없을지는 모르겠지만.

"젠장…… 이건, 뭐냐!"

그 상황은, 고전의 술사도 이해하고 있었다. 그녀는 영리하다. 모를 리 없었다.

그것이 한층 더 그녀를 초조하게 만들었다. 이마에 땀이 맺혔다.

공중에 떠오른 그림자를 상대로 하염없이 그 두뇌를 움직이는 그녀를 막아선 것은 잔혹한 현실이었다.

"……시간이, 너무 걸린다!"

안다.

이해할 수 있다.

이것이 무엇을 의미하는지, 그녀는 알 수 있었다. 이해해 버린다.

"아까 그 120 정도가 아니야. 이건…… **이건** 600이다!"

정육백다포체― 그것은 고전의 술사가 상상한 한계를 훨씬, 가볍게 뛰어넘는 존재였다.

이해는 할 수 있다. 상상도 할 수 있다.

그렇지만, 그러나― 계산하는데 얼마나 시간이 걸릴까?

여기까지 오는데 어느 정도 시간을 거듭했던가?

놀이판에서 생을 받아, 스승과 만나고, 지식을 갈고 닦아서, 내달리듯 여기까지 왔다―.

"아직, 시간이 부족한 건가……!!"

시야가 번진다. 알고 있다. 분한 것도 슬픈 것도 아니다.

이것은 그저, 감정이 격해진 탓의 생리적인 것이다. 그렇게 자신에게 말했다.

따라서 고전의 술사는 눈가를 닦을 시간도 아껴가며 신의 섭리에 도전했다.

그렇기에, 고블린 슬레이어는 일분이라도 일초라도 시간을 벌어야 한다.

"GOROGGB?!"

"흐, 압!!"

벌써 몇 마리째인지. 아까 가르쳐준 숫자가 잊혀지고 있었다.

숨이 끊어진다. 호흡이 뇌까지 돌지 않는다.

뇌라는 건 그저 콧물을 만들기 위한 거다. 스승이 웃으며 말했던가?

콧물이 나오지 않는 정도로 사람은 죽지 않는다—.

"GBB! GOROGB!"

"……칫!"

그 발치가 휩쓸렸다.

쓰러진 시체의 산에 뒤섞여 기어온 고블린이 발에 단검을 휘두른 것이다.

아무리 쓰러뜨린 수를 세고 있어도, 싸움 속에서 시체의 수까지 신경 쓸 여유는 없었다.

물론 고블린 슬레이어는 그것에 대비해 다리의 수비도 굳히고 있었다. 칼날은 박히지 않았다.

그러나 발을 디딘 곳이 미끌거린다. —고블린의 피다.

주르륵 미끄러진 자세를 바로잡으려고 한쪽 무릎을 세우자, 고블린 놈들이 와르르 밀려들었다.

“GOBB!”

“GRGGR! GROB!!”

“아앗!!”

이를 악물고 옆으로 구르면서 곤봉을 휘둘렀다.

한 마리, 두 마리, 정강이를 맞은 고블린이 비명을 지르며 넘어졌다. 그 위를 고블린 한 마리가 뛰어넘었다.

등줄기가 얼어붙는 것 같았다. 여기를 통과시킬 수는 없다. 건너편으로 보낼 수 없다.

무방비한 그녀의 등 앞에서, 아마도 저열한 웃음을 지으며 달리려던 고블린.

고블린 슬레이어는 바닥재를 손으로 두드리며 몸을 뻗었다.

등에 충격. 다른 고블린의 방해. 무시한다.

그리고 곤봉을 놓으며, 오른손으로 고블린의 다리를 붙잡는다. 붙잡았다. 끌어당겨 쓰러뜨린다.

“하, 압!!”

“GBBBOR?!”

그 뒤통수에 왼손의 방패를 때린다. 테두리가 두개골을 부수고 피보라가 튀었다.

일초도 여유가 없다. 고블린 놈들은 밀려들어온다. 무기. 무기는—.

“이거, 냐……!”

아직도 경련하는 고블린의 시체를 짊어졌다. 그리고 방패와 함께 고블린의 무리에 밀었다.

"GOOBOGR?!"

"GOOB?!"

물량은 언제나 유효하지만, 질량 또한 마찬가지.

철 투구로 몸을 굳힌 모험가가 시체까지 짊어지고 몸통 박치기.

고블린 놈들은 몇 마리가 한꺼번에 얻어맞아서 또 다시 방 바깥으로 밀려나갔다.

"크, 으……!"

고블린 슬레이어는 커다랗게 숨을 내쉬고, 발치에 새로운 피웅덩이가 생긴 걸 확인했다.

등의 통증은 곤봉 같은 걸로— 타격 무기로 맞은 것이 아닌가 보다.

손을 돌려 확인하니 도끼가 장갑을 찢고 등에 상처를 입혔다. 마침 잘 됐다. 무기다.

피가 스며 나오는 것도 상관하지 않고 뽑아냈다. 숨막히는 통증은 숨을 죽이고 버텼다.

"앞으로, 어느 정도지?"

그래도 그렇게 물어버린 것은, 약간 기가 약해진 탓일까?

"모르……겠어……!"

그 쥐어짜낸 목소리는 고블린 슬레이어에게는 당장 울 것 같은 목소리라고 생각됐다.

"풀 수 있다. 이끌어낼 수 있다. 반드시 해내겠어. 그러나— 그러나, 시간이…… 부족하다!!"

고블린 슬레이어는 숨을 들이쉬고, 내뱉었다.

"부족한가."

"그래……! 젠장, 여기까지 와서, 어째서…… 아아, 젠장……."

고전의 술사의 말이 한 번 끊어졌다.

그녀는 말을 해야 할지 아닐지 망설이듯 가쁜 호흡을 두 번, 세 번 반복했다.

그리고 그녀는 말했다.

"내 모험(시나리오)인데, 자네를 끌어들여서, 휘둘러서…… 미안해."

"고블린 퇴치 의뢰(시나리오)지 않나."

고블린 슬레이어는 태연하게 대답했다.

"아무 문제없다."

문제투성이다. 고블린 슬레이어는 철 투구 안에서 입술을 끌어올렸다.

눈앞에는 고블린 무리. 뒤에는 의뢰인. 그는 만신창이. 한계는 가깝다.

강장의 물약의 효과도 어차피 체력을 미리 빌려온 것에 지나지 않는다. 한계를 넘은 힘 따위 존재하지 않는다.

무리도 무모함도, 그걸로 고블린을 죽일 수 있다면 고생하지 않는다.

아아, 그러나…….

—주머니 속에는 무엇이 있지?

그것은 스승이 던진 수수께끼 중 하나다.

대답은 끝까지 알 수 없었다. 반지 같은 거라도 들어 있었을까?

그러나, 지금 그의 주머니에 무엇이 있는지는 알 수 있었다.

"수가 있다."

언제든지.

할 수 있을지 없을지가 아니다. 잘 되는가 아닌가도 아니다.

할 것인가, 하지 않을 것인가 였다.

고블린 슬레이어는 우선 손도끼를 들어 던졌다.

공중에서 빙글 회전한 도끼는 자루가 고블린의 얼굴에 맞아, 튕겨 나가 옆 고블린의 머리에 날을 묻었다.

"GOROOOOBB!"

"GGGB! GOOOBG!"

고블린 놈들이 성난 소리를 질렀다.

고블린 슬레이어는 가방 안에 손을 집어넣어 **그것**을 움켜쥐었다.

"시간은 번다."

그렇게 말하고, 그는 무기도 없이 똑바로 고블린의 소용돌이 안으로 걸었다.

"GOOBOG!"

"GBBB! GBGO!"

도수공권. 온몸에 상처를 입은 꼴사나운 모습에 고블린 놈들이 깔깔거리며 소리 내어 웃었다.

고전의 술사는 그 웃음소리가 마치 자신을 비웃는 것처럼 들려서 고개를 들었다.

"시간을 벌어?"

눈앞에는 부정형의 안개.

발치에는 피— 흘러 들어온 고블린의 피일까? 아니면 고블린 슬레이어의 피일까?

돌아보면 피바다일 것이다. 그러나 그녀는 돌아보지 않았다.

**"나는— 바보다!"**

**시간이 없다면, 벌면 된다.**

어째서 그런 단순한 것을 깨닫지 못했을까?

어째서 더 빨리 그 사실에 이르지 못했을까?

그녀는 힘차게, 발치의 검붉은 물웅덩이를 찼다.

흘러넘치는 붉은 마력의 급류에 몸을 맡기고, 자신이 편찬한 마술서, 카드 다발에 손을 올렸다.

"번개여, 내 뒤를 따르라—!"

뽑아낸 카드 한 장. 드높이 읊은 주문.

그녀의 발치에서 솟아오른 붉은 번개가, 그 의지를 축복하는 것처럼 번뜩였다.

그 손에는 등불이 빛나고 있었다.

"—《엑스페다이트(촉진)》!"

고전의 술사는 세계를 놔두고 가속했다. 육체를, 사고를, 두뇌를.

그렇기에, 무엇이 일어났는지 그녀가 깨닫고 이해한 것은 모든 것이 끝난 다음이다.

방의 입구에서 고블린이 흘러넘친다. 밀려든다. 다가온다.

고블린 슬레이어는 그곳을 향해 걸어가면서 쥐고 있던 그것을 손에 들었다.

어딘가 먼 곳에서 주사위를 굴리는 소리가 난 것 같았다. 정말이지 마음에 안 들었다.

그런 것에 저 의뢰인의 목숨을 맡길 생각 따위 터럭만큼도 없었다.

"GOBBGR!"

"GOR! GROOOBG!!"

고블린이 노호처럼 밀려든다── 아니.

진정한 노호가 무엇인지, 고블린 슬레이어는 알고 있었다. 본 적은 없지만, 배웠다.

Take that you fiend
"이거나, 먹어라."

다음 순간, 고블린 슬레이어가 끈을 풀어낸 스크롤이 하얗게 폭발했다.

아니, 폭발한 것처럼 보였다.

시야를 하얗게 막아서는 그 물보라. 숨막힐 듯한 짠내.

그것이 바다의 내음이라는 것을, 바다를 본 적이 없는 그는 지식으로 알고 있었다.

"GOOBOGR?!"

"GGO?! GOROG?!"

그러나, 고블린 놈들은 알 리 없었다.

무엇이 일어났는지 생각할 여유마저도 없었을 게 틀림없다.

눈앞에 있는 남자가 든 두루마리에서 물이 뿜어져 나오다니, 고블린은 생각지도 못했다.

고블린 놈들은 비명을 지르며, 고압으로 뿜어져 나오는 대량의 바닷물에 몸이 찢어지고 밀려서 흘러갔다.

저항은 의미가 없다. 이건 그런 것이다.

고블린 슬레이어는 확신하고 있었다.

이 물줄기는 분명히, 탑 위에서 아래까지 씻어낼 것이다.

마녀에게─ 《전이》의 두루마리에 대해 들었을 때 떠오른 책략은 상당히 괜찮았다.

기분 좋은 그녀에게 그것을 의뢰했을 때, 그녀는 그를「재미있어」라고 평했다…….

"아아, 정말이지."

고블린 슬레이어는 초자연의 불꽃으로 타오르는 두루마리를 버리고, 주저앉으면서 중얼거렸다.

"이것은 정말로, **재미있군.**"

§

그것은 기이한 광경이었다.

고블린 슬레이어는 이 세상 것이 아닌 것을 처음 봤다고 생각했다.

4면체의 결정이 복잡하게 뒤엉키고 꿈틀거리면서 방사상으로 촉수를 뻗는 것처럼 펼쳐져 있었다.

그것은 끓어오르는 혼돈의 포말과도 닮았고, 직시해봤자 형태를 알 수 없는 환상 같은 모습이었다.

이것이 600의 다포체인 것이다—. 고전의 술사의 말도, 그는 잘 이해할 수 없었다.

다만 문의 열쇠가 열렸다는 것만 알면 그걸로 충분했다.

"그러나 자네도, 정말이지 무모한 짓을 해대는군."

흑단의 문을 밀어서 열고, 긴 나선— 황금의 나선계단을 천천히 올라가면서 그녀가 말했다.

"수공? 탑이 무너지면 어쩔 셈이었어? 동굴에서도 그렇지. 생매

장될걸."

"처음 해봤다."

그는 변명처럼 대답했다.

"효과는 있었지만, 자주 쓸 수는 없겠군."

"그렇지."

고전의 술사는 불만스레 중얼거렸다.

"불확정인 비장의 수에 목숨을 거는 건 좋지 않아."

한 걸음, 두 걸음, 세 걸음.

통통 튕기는 것처럼 단을 올라간 그녀가 춤추는 것처럼 빙글 돌아보았다.

사과 향이 물씬 풍겨서 고블린 슬레이어는 멈춰 섰다.

그 투구 면갑을 검지가 척 가리켰다.

"무리나 무모한 짓을 해서 이길 수 있다면, 아무도 고생 안 하지."

"그래."

고블린 슬레이어는 수긍했다.

"조심하지."

"좋아."

고전의 술사는 만족스레 가슴을 펴고, 마치 교사처럼 고개를 끄덕였다. 두 사람은 다시 걷기 시작했다.

끝없는— 정말로 끝없는 계단이었다.

소리는 발소리와 서로의 숨소리밖에 없고, 창문도 없기에 검은 내벽이 계속해서 소용돌이를 그리고 있었다.

어느 정도 높이에 있는지도 모르고, 지금이 언제인지도 모른다.

아마도, 이제 곧 아침이 올 것이다. 그러나 아직 날이 밝지는 않았으리라.

고블린 슬레이어는 멍하니 생각했다.

어째서인지 물으면 알 수 없었다. 다만, 그렇게 느꼈다.

고전의 술사도, 고블린 슬레이어도, 피로가 극에 달해 있었다.

발걸음이 불안하다. 시야가 흐릿하고 흔들린다. 숨도 가쁘다. 다리는 추를 매단 것 같았다.

그렇지만, 어째선지 쉬는 일은 없었다.

지쳐 있다는 사실만 확인했지 쉬고 싶다고 생각하지 않았다.

두 사람은 묵묵히 계단을 올라갔다.

올라가고 있는데도 계단의 중심으로 떨어지는 것 같다는 생각이 드는 건 어째서일까?

고블린 슬레이어는 문득 그리운 스튜 냄새를 맡은 것 같았다.

분명 기분 탓이다. 지쳐 있기 때문이 틀림없다.

그는 모든 의문을 그렇게 한데 묶어 내쳐 버렸다.

그래서— 인 것도 아니겠지만, 문득 깨닫고 보니 나선 계단에 다음 단이 없었다.

두 명은 나선계단의 종착점, 층계참에 도착해 있었다. 눈앞에는 역시 흑단의 문.

"……."

고전의 술사는 조용히 그 문을 쓰다듬었다. 양쪽으로 열리지만 이음매가 없는 문을.

"……연, 다?"

고블린 슬레이어는 고개를 끄덕였다. 고전의 술사는 떨리는 손바닥을 문에 겹쳤다.

그다지 힘을 주지 않아도, 문은 안쪽으로 초대하는 것처럼 저절로 열렸다. 그리고—.

쏴아. 바람이 불었다.

하늘이다.

어두운 파랑에서, 붉게, 하얗게, 투명해지는 동틀 녘의 하늘이다.

얇은 비단 같은 안개구름이 흐르고, 바람에 늘어지는 권운이 어디까지고 이어진다.

층계참이 이 세상의 끝이고, 그렇다면 그 앞은 머나먼 저 너머.

허공으로 이어지는 그 문 너머를 고전의 술사는 당장이라도 울 것 같은 웃는 표정으로 바라보았다.

아아, 이런 거구나. 혹은, 여기까지 왔구나.

그 두 가지 감정과 표정의 차이는 애매해서, 고블린 슬레이어는 알아볼 수 없었다.

"만족했나?"

"응, 아니."

그녀는 몇 번 눈을 깜빡이고, 눈꼬리를 살며시 비볐다.

"아직인걸."

"그런가."

"가고 싶은 곳은, 이 앞이니까. 아직 이제부터지."

"그런가."

고블린 슬레이어는 고개를 끄덕이고 하늘로 눈길을 옮겼다.

과거에 스승과 함께 눈 내린 산을 올랐을 때, 산꼭대기에서 본 경치와 비슷한 것 같았다.

스승이 뭔가 시를 읊조린 것이 기억났다.

그는 시를 이해하지 못해서 잊고 말았지만— 기억해둘걸 그랬다고 생각했다.

"아아, 그렇군. ……그런 거구나."

문득 고전의 술사가 가녀린 목소리로 중얼거렸다.

그녀는 자신의 풍만한 가슴을 누르듯 손을 대고, 숨을 들이쉬고, 내뱉었다.

위아래로 움직이는 가슴의 움직임에 맞추어, 그 손에서 빛나는 등불이 반짝였다.

그리고 그녀는 하늘처럼 투명한, 부드러운 미소를 지으며 그를 보았다.

철 투구 안쪽, 면갑에 가려진 그를 보았다.

"미안하군. 아무래도 내 사정(시나리오)으로 자네를 휘두른 모양이야."

그것은 전에도 했던 말이었다. 그래서 그는 아까와 마찬가지 대답을 했다.

"고블린 퇴치 의뢰(시나리오) 아닌가."

그렇고말고. 처음부터 끝까지, 그것은 무엇 하나 변하지 않는다.

고블린 슬레이어는 태연하게 말했다.

"너는 말을 에둘러 하지만, 요점은 말했다. 아무 문제없다."

고전의 술사는 고개를 갸웃거리고 눈을 홉뜬 다음, 정말이지 하면서 삐친 것처럼 입술을 삐죽거렸다.

"자네는…… 정말로, 이상한 녀석이로군."

"그런가?"

"그렇고말고."

"그런가."

수긍하자, 그녀는 킥킥 소리 내어 웃었다.

처음 만났을 때와 비슷한, 그렇지만 다른 웃음이었다.

"있지, 자네."

고전의 술사가 말하고 고개를 갸웃거렸다.

"오랜 신화…… 호수의 물을 조개껍질로 퍼내려고 끝없는 시간을 들인 거인을 알고 있는가?"

고블린 슬레이어는 조금 생각한 다음에 대답했다.

"모르겠군."

누나에게 들은 적이 있는 것 같았지만, 역시 기억하지 못했다.

스승에 대해서. 누나에 대해서. 모르는 것, 잊어버린 것이 대단히 많은 것 같았다.

"그것이, 어쨌다는 건가."

"……거인은 기어이 바닥까지 퍼내서, 물 아래 있던 희귀한 보물을 손에 넣었다고 하더군."

"그런가."

"그래서, 나는 웃지 않아."

"……."

"자네가, 소귀를 죽이는(고블린 슬레이어) 자가 되는 것을."

고블린 슬레이어는 아무 말도 하지 않았다.

고전의 술사는 그것에 만족한 것처럼 눈을 가늘게 뜨고, 닿지 않는 것을 알면서도 하늘로 손을 뻗었다.

그 손가락 끝에서, 등불이 흔들렸다.

"전에 말했지. 자네의 지식은, 등불 중 하나라고."

—어쩌면 자네는 등불을 태우는 게 아니라, 막힘없이 일생을 끝내는 걸지도 몰라.

—혹은 언젠가 모험을 하고, 깊은 어둠 속에서 죽어 그걸로 끝일지도 몰라.

뻗은 손에, 말이 겹친다.

"그래도 등불은 있어."

모험가가 되고자 하는, 수많은 자들과 마찬가지로—.

"자네에게도 등불은 있어."

그러니까— 나는 웃지 않아.

고전의 술사의 그 말에, 고블린 슬레이어는 금방 대답하지 않았다.

그는 철 투구를 움직여 하늘을 보았다. 흐릿한 금색으로 빛나기 시작했다. 동이 트는 하늘이다.

무엇을 말해야 할지도 몰랐고, 무엇을 해야 하는지도 몰랐다.

"……너의 그것은 어떻지?"

"나는……."

간신히 짜낸 물음에, 고전의 술사는 햇빛이 눈부신 듯 눈을 가늘게 떴다.

"모르겠으니까, 확인하러 가는 것이야."

그리고 천천히 등불의 반지를 빼서 그것을 고블린 슬레이어에게

내밀었다.

"돌아가는 길은…… 아니, 이제부터 가는 앞길에 이게 필요하지?"

뒷일을 부탁하지. 그녀가 말하고 서투르게 한쪽 눈을 감았다.

"보수의 선지급이라고 생각해."

"보수."

고블린 슬레이어가 짧게 중얼거린 말에 고전의 술사가 「응」 하고 고개를 끄덕였다.

"이번 일, 이 뒤의 일, 이것저것 부탁하지."

"……."

"자세하게는 접수원한테 물어봐. 사이좋잖아?"

어떤 걸까? 고블린 슬레이어는 알 수 없었다.

자신과 사이가 좋은 인물 따위, 과연 있기는 할까?

그래서 그는 조금 생각하고, 자신에게 필요한 것만 물어보기로 했다.

"……고블린 퇴치에 도움이 되는 건가?"

"도움이 되면 좋겠다, 라고 생각하긴 해."

그런가. 고블린 슬레이어는 고개를 끄덕였다. 그리고, 그 반지를 받았다.

등불의 반지는 《호흡》의 힘을 숨기고 있다고 한다.

앞으로도 수공을 한다면— 아니, 그렇지 않아도 있어서 곤란할 것 없다.

도움이 될지, 되지 않을지는 모두 그 자신의 책임이다. 스승은 그를 그렇게 가르쳤다.

도움이 되도록 만들자. 그렇게 정했다.

고블린 슬레이어가 고개를 끄덕이는 걸 보고, 그녀는 반지를 뺀 손으로 그 투구를 가볍게 매만졌다.

"그럼 잘 있어."

그리고 그 한 마디만 남기고, 그녀는 마치 현관 문을 나서는 것처럼 허공으로 몸을 던졌다.

그리고 그대로, 그녀는 고블린 슬레이어 앞에서 모습을 감추고 말았다.

고블린 슬레이어는 잠시 그곳에서 기다려봤지만, 그녀가 돌아올 기척은 없었다.

그녀가 어디로 간 것인지 그는 알 수 없었다. 흥미도 없었다.

아마도 아무리 설명을 해줘도 이해 못했으리라.

그녀는, 동료가 아니었다. 함께 모험도 하지 않았다.

관계를 말하자면 의뢰인과 모험가다. 친구도 무엇도 아니다.

그러나, 굳이 말하자면 언젠가 그녀가 했던 말이 있다.

—여행은 길동무.

고블린 슬레이어는 손 안을 보았다. 반지는 둔한 빛을 뿜고 있었다.

등불의 빛은 처음부터 존재하지 않은 것처럼 사라져 있었다.

이것은 이제, 그저 《호흡》의 반지에 지나지 않았다.

그는 반지를 가방 안에 넣고 천천히 걷기 시작했다.

등을 돌린 쪽에서 문이 닫히는 소리가 들렸지만 돌아보고자 하지 않았다.

긴 계단을 내려가 보니 그다지 높지 않았다. 그는 계층에서 계층을 별로 시간 안 들이고 이동했다.

그러나 여기저기 물웅덩이가 있고, 안에는 고블린의 시체가 떠돌고 있었다.

과연, 분명히 이래서는 반지가 필요해진다.

고블린 슬레이어는 반지를 끼고, 망설임 없이 물속으로 뛰어들었다.

그리고 수중을 헤엄치는 것처럼 걸어서, 육지로 올라가, 다시 뛰어들고, 그것을 반복했다.

잠시 지나 1층에 내려와서 바깥으로 나와 돌아보니 탑은 마치 그림자처럼 사라졌다.

새벽의 하늘이 그저 어디까지나 펼쳐지고, 능선 너머에서 태양이 고개를 내밀고 있었다.

황금빛 햇살에 눈을 가늘게 뜨자, 두 번 다시 그녀를 볼 수 없으리라는 신기한 확신을 가질 수 있었다.

도시로 돌아온 그는 길드에 의뢰 달성 보고를 한 다음 주점에 들렀다.

사과주 한 잔을 부탁하여, 요리장이 아무 말 없이 내민 그것을 단숨에 들이켜고 밖으로 나섰다.

잡다한 길 너머에 투명한 하늘이 보였다.

그는 철 투구 안에서 눈을 가늘게 뜨고 손에 든 반지를 햇빛에 비춰 보았다.

—그곳에는, 역시 등불의 빛이 없었다.

그녀 말로는 정점에 가려는 이유는 그 장소거나, 경치거나, 아니면 그 너머로 가기 위해서라고 했다.

그렇다면— 그녀가 가려는 곳은 이 하늘 너머, 하늘보다 앞일 것이다.

**게임판**의 바깥에 무엇이 있는지 그는 알지 못했다.

그녀가 그곳에서 무엇을 바라는지도 그는 알지 못했다.

천상의 손들이 있는 영역 따위, 게임말의 몸으로는 상상하기도 어렵다.

그렇기에 **그것**을 확인하기 위해 간 것일까?

그녀의 바람은 스스로 게임을 하는 손이 되는 것이었을까?

거기까지 생각하고서, 고블린 슬레이어는 천천히 고개를 좌우로 흔들고 걷기 시작했다.

그가 상상을 하는 것은 너무나도 주제넘은 짓이었다.

그것은 그녀의 모험(시나리오)이지, 그의 모험(시나리오)이 아니다.

그저 길동무에 지나지 않는 그가 그 성과를 가늠해서 좋을 리 없다.

도전한 고난도, 손에 넣은 성과도, 모든 것은 그녀만의 보물이다.

그러나 그의 발걸음은 가벼웠다.

피로는 온몸을 짓누르고, 익숙지 못한 술은 머리를 멍하게 만든다.

그래도 그의 기분은 하늘처럼 후련했다.

그에게도 단 하나 확신을 가지고 말할 수 있는 것이 있었다.

—그녀는, 틀림없이 이룩했다.

# 「매직 아이템 분배로 다투지 않는 건 좋은 일이라는 이야기」



“으와아아앗!!”

땅을 굴러서 부리를 피하며, 창잡이는 비명인지 기합인지 알 수 없는 소리를 질렀다.

부리에 쪼인 바닥이 으지직, 메마른 소리를 내면서 돌로 변했다.

창을 손에 들고 자세를 바로잡은 그의 눈앞에 눈이 활활 빛나는 닭 한 마리가 있었다.

그러나 날개는 박쥐, 꼬리는 도마뱀. 아무리 봐도 범상한 생물이 아니다.

“코카……트, 리……스, 네.”

“이런 얘기 없었잖아……!”

마녀가 울적하게 눈썹을 찌푸리고, 창잡이가 매도의 소리를 지르는 것도 무리가 아니었다.

간단한 일— 그렇다, 혼자라면 모를까 둘이면 간단했을 일이었다.

예상대로, 밤에 동굴에서 어슬렁거리며 나온 요술사는 어렵잖게 해치울 수 있었다.

마녀가 침묵의 술법을 걸어 소리를 죽여서 상대의 술법을 막고, 창잡이가 심장에 찌르기 한 번.

후드를 벗겨보니 과연 이건 기도하지 않는 자 놈이다. 가슴에는 사교의 표식.

그걸로 끝. 이제는 동굴에 들어가서 안을 살펴보면 의뢰는 완료다.

목숨을 걸었지만 손쉬운 하룻밤 일이다. 그랬어야 했다.

“『간단한 일』은, 다시 말해서 『위험한 일』이라고 듣기는 했는데 말이지……!”

창잡이는 오랜 교훈을 돌이키면서 과거의 자신을 욕했다.

설마 요술사가 문지기개 대신 코카트리스를 기르고 있을 줄은 상상도 못했다.

“코카트리스를 양산하는 연구라도 했냐! 그럼 농담거리가 못되거든……!”

그는 의기양양하게 콧노래를 흥얼거리며 동굴로 들어선 자신을 확 때려주고 싶어졌다.

“……술법, 앞으로…… 한 번, 이야.”

그의 등 뒤에서 대기하는 마녀가 약간 목소리 톤을 낮추고 속삭였다.

주문의 소모를 고려해서 하룻밤 쉰 다음에 — 파렴치한 의미가 아니라 — 도전했어야 했다.

바보다 바보다 나는 바보다. 몇 번을 매도해도 상황은 변함이 없었다.

창잡이는 땅바닥을 발톱으로 긁어대며 위협하는 코카트리스를 노려보고 허리를 깊숙하게 낮추었다.

“다가오지 않으면 어떻게든 할 수 있는데. 놈이 뛰어들면 끝장이야…….”

마녀가 숨을 삼키는 것을 등 너머로도 알 수 있었다.

"……어, 떻, 게…… 할 수 있, 어?"

"저 놈이 날아오르지만 않으면."

마녀가 「해볼게」라고 가늘게 말했다. 창잡이는 믿었다. 도망치는 것은 죽어도 싫었다.

—여자애한테 멋을 못 부려서야!

"으랏, 샤아!!"

코카트리스가 괴조음을 올리며 소리쳐대고, 창잡이가 그것에 응답하여 몸을 낮추고 대비했다.

마녀가 노래하는 것처럼 가늘게 입술을 풀고, 숨결을 흘렸다.

"《아라네아(거미)…… 파치오(생성)…… 리가투르(속박)》"

그것은 한순간에 일어난 일이었다.

창잡이가 뛰쳐나갔다. 코카트리스가 땅바닥을 박차고 날아오르고자 했다. 그 발톱이 끈적거렸다.

—거미줄이다.

창잡이는 직접 본 것도, 생각한 것도 아니라 직감적으로 생각했다.

하얗고 탁하고 끈적거리는 무언가가 코카트리스의 발치에 끈끈하게 엉켜 있었다.

—좋아!

그러면, 다음은 한 차례(턴)면 충분하다.

그는 창을 끌어당기고, 혼신의 힘으로 코카트리스의 심장을 꿰뚫었다.

움직이지 않는 닭쯤이야, 오리 사격보다 손쉬운 일이었다.

"좋았어. 그러면 보물찾기다!"

"그러, 네……."

마녀가 평소처럼 나른하게 수긍했지만, 그 눈동자는 호기심으로 반짝거렸다.

모험의 참맛이라고 하면 이것이다. 침입과 약탈(핵 앤 슬래시).

요술사의 소굴이라면 그만한 수확도 기대할 수 있는 법.

얼마 안 가서 발견한 보물 상자. 함정의 유무를 확인하려고 잠시 이리저리 찔러보고, 척후가 있으면 좋겠다고 한숨.

"……좋아, 연다."

"……응."

마녀가 고개를 끄덕인 것을 확인하고, 만일에 대비하여 그녀를 보물 상자에서 멀리 떨어뜨리고 개봉.

안에는 나무 같은 것으로 만들어진, 길쭉한 봉 형태의 무언가가 들어 있었다.

끝 부분에는 장식이 된 금속 부품이 끼워져 있고, 그것이 반짝반짝하는 마력의 빛으로 빛나고 있었다.

"오……!"

창잡이가 눈을 홉뜨고, 기뻐 날뛰며 그것을 집었다.

"창인가……!"

마법의 무기. 그것은 전사라면 누구나 동경하는 물건이다.

사소하게는 절삭력이 늘어나거나 녹슬지 않는 정도의 마력이 담긴 것부터, 전설의 물건들까지.

시골에서 뛰쳐나온 젊은이부터 경력 있는 기사까지, 꿈꾸는 일이 없는 자는 없으리라.

그러나, 옆에서 들여다본 마녀는 느긋하게 유감스런 기색으로 고개를 옆으로 저었다.

"……이, 거. ……지팡이, 야."

"……진짜로?"

그래. 미안한 기색으로, 마녀는 갈라진 목소리로 대답했다. 이건 마술사의 지팡이다.

창 끝처럼 보인 금속부분을 살며시 쓰다듬고, 마녀는 그 지팡이를 손에 집었다.

"하, 지만…… 팔, 면…… 돈, 이…… 되, 잖……아?"

"어?"

창잡이가 무슨 말이냐는 것처럼 표정을 찌푸렸다.

"왜 파는데."

"……?"

이번에는 마녀가 신기하단 표정을 지었다.

"보, 수…… 분배, 하……잖아?"

창잡이가 머리를 긁적였다. 그리고 당연하단 듯, 깊숙하게 숨을 내쉬었다.

"파티를 짰으니까, 전력강화는 당연하잖아. 네가 써."

필요 없으면 팔면 되지만. 창잡이는 그렇게 덧붙이고 빈 상자의 뚜껑을 닫았다.

마녀는 양손으로 지팡이를 쥔 채, 뭐라 말하기 어려운 기색으로 서 있었다.

좋아하는 것을 사주겠다는 말을 들은 어린애 같은 모습이었다.

"……그러, 네."

이윽고 그녀는 그렇게 말하고, 지팡이를 한손에 든 채 챙이 넓은 모자를 쓰윽 깊게 고쳐 썼다.

"그럼, 마법의 창…… 발견할, 때까……지. ……빌릴……게?"

"기간 한정할 필요도 없잖아."

창잡이는 주먹을 내밀고 가볍게 그녀의 어깨를 두드렸다. 대단히 난폭하고 배려가 부족한, 친근한 동작이었다.

"앞으로도 잘 부탁한다는 그거야."

마녀는 천천히 미소를 지었다.

꽃봉오리가 피는 것 같은 웃음이었다.

# 제6장 『보수의 지급(애프터 세션), 다음 모험(시나리오 후크)』

Goblin Slayer YEAR ONE The Dice is Cast.

끼익끼익, 빈 수레는 삐걱대는 소리를 내면서도 노면을 굴렀다.

소치기 소녀는 손을 뒤로 돌린 채 걸으며, 짐수레를 끄는 그의 등을 바라보았다.

—도와줬으면 한다고, 하기는 했는데.

무엇을, 이라고도. 어디서, 라고도. 그는 말해주지 않았다.

그걸 또 순순히 따라가 버리는 자신도 괜찮은 것인가 싶긴 하다. 삼촌이 걱정하는 것도 무리가 아니다.

물어보면 가르쳐 준다—.

그 여성이 그렇게 말했지만 일단 물어보는 것에 용기가 필요했다.

한 걸음 걷는 것도 정말로 용기가 필요한 것이다.

안심하고 걸을 수 있는 것은 땅이 그곳에 있다는 근거 없는 확신이 있기 때문이다.

그렇지 않다면 도저히 아무래도, 걸을 수 없다. 옛날에 그걸로 웃었었는데.

묵묵히 나아가는 그의 등은 가까운데도 어쩐지 멀어서, 소치기 소녀는 도망치는 것처럼 하늘로 시선을 움직였다.

파랗다.

여름의 하늘이다. 파랗고, 하얗고, 숨이 막힐 것 같았다.

그런 청색 가운데, 높은 곳을 새— 매가 한 마리, 느긋하게 날고 있었다.

희한하네, 라고 생각했다.

소치기 소녀는 매가 이런 곳까지 날아오는 것을 처음 보았다.

매라는 것은 좀 더 산 쪽에 있는 거라고 그녀는 막연히 생각하고 있었다.

어쩌면 그냥 눈치 못 챘던 것일 수도 있다.

하늘을 빤히 올려다보는 일이 인생에서 얼마나 있단 말인가?

하늘은 언제나 그곳에 있는데, 빤히 바라보는 일은 별로 없었다. 이상한 일이다.

"……어라?"

문득 깨닫고 보니, 그는 도시가 아니라 그 변두리로 가는 길을 걷고 있었다.

벌어진 거리를 황급히 총총 달려가 좁힌 그녀는 조금 고민하고, 일단 견제.

"도시가, 아니네?"

"그래."

조심조심 내디딘 한 걸음은 일단 분명히 땅에 발끝이 닿았다. 한숨을 살며시 쉰다.

"짐수레, 필요해?"

"그래."

두 걸음째도 무사하다. 그것은 단애절벽에 걸린 오래된 구름다리를 건너는 것 같은 감각과 비슷했다.

—그런 곳을 건너본 적은 없지만…….

소치기 소녀는 무심코 키득 웃어 버렸다. 그런 장소에 가는 건 그였다.

잠시 지나, 그가 멈춰 섰다.

언제부터 거기에 있었는지 모를, 시냇가에 선 작고 낡은 오두막이었다.

아침 햇살이 비추는데 신기하게도 활기가 없고 휑하니 조용했다.

끼이끼이 소리를 내면서 돌아가는 물레방아는 부서져 가고, 굴뚝에서 연기도 안 나는 작은 집.

마치 그곳만 그림에서 오려낸 것 같은, 그런 인상을 주었다.

그는 조금 생각한 다음, 문까지 걸어가서 거침없이 놋쇠 노커를 쿵쿵 두드렸다.

잠시 기다려도 대답이 없자, 그는 문을 열고 어둑한 실내로 들어섰다.

그는 현관마저도 막고 있는 책과 고물이 쌓인 안으로 틈을 비집으며 나아갔다.

입구에서 멈춰선 소치기 소녀는 어떡할까 망설인 다음 결심하고 말했다.

세 걸음째.

"……여기야?"

"그래."

소치기 소녀는 「실례합니다」라며 조심스레 말을 하고 살며시 안으로 발을 들였다.

안은— 이걸 뭐라고 해야 할까?

폐옥, 폐허…… 혹은, 마법사의 집.

한눈에 뭐가 뭔지 알 수 없는 기분 나쁜 것, 약 따위가 비좁게 놓여 있었다.

발을 디딜 곳도 없으니, 어쩌면 창고 같은 것일지도 모른다고 생각했다.

그는 그런 잡다한 것에 파묻힌 방 안을 몇 번이고 다닌 것처럼 걸었다.

그 발자국을 짚는 것처럼, 소치기 소녀는 옷이 걸리지 않도록 조심하며 뒤를 따랐다.

가슴이 어디 걸리지는 않았다. 빠져나간 곳은 텅 빈 공간이었다.

어째선지 그곳만 누가 손대지 않은 것처럼, 책상과 의자가 하나씩 놓여 있었다.

그리고 옆에는 빈 병이 잔뜩.

그는 그 책상과 의자와, 빈 병을 흘끔 보았다. 그리고 고개를 옆으로 저었다.

"이 물건을 옮긴다."

그는 조용히 말했다.

"필요한 물건을."

"괜찮아?"

소치기 소녀가 물었다.

"보수다."

그는 짧게 대답했다.

그리고 네 걸음째.

소치기 소녀는 그를 도와서, 조심조심 그 수상쩍은 물품들을 옮겨 밖으로 내놓았다.

책을 이렇게 잔뜩 본 건 처음이었다.

한순간 읽어볼까 생각했지만, 비싸 보여서 관뒀다.

책장에 다 들어가지 못하고 바닥에 쌓인 책은 먼지투성이. 그녀는 끌어안은 그것에 숨을 후우 불었다.

책의 손질 방법 따위 모르지만, 조금 곰팡내가 나니까 말리는 편이 좋을지도 모른다.

"이건 어떡할 거야?"

"길드를 통해서, 지식신의 사원 같은 곳에, 기부한다."

다섯 번째 질문에 그는 대답해줬다.

"필요하다고 생각하는 자가 읽으면 되겠지."

"그것도 그렇네."

그녀는 발치가 안전한 것을 확인하는 것처럼 고개를 끄덕였다.

"분명히 도움이 될 거야. 책은 말야. 그런 게 쓰여 있는 거지?"

"……."

그는 낮게 신음한 다음에 말했다.

"그래."

아침부터 여기에 오길 잘했다. 소치기 소녀는 생각했다.

이제 보니 좁은 방 안은 뭐가 더 들어가지도 못할 정도로 물건이 들어가 있었다.

밖으로 내놓는 것만 해도 한 고생. 그것을 정리하는데 또 한 고생. 짐수레에 쌓고, 또 한 고생이다.

과연, 이건 분명히 짐수레도 필요하고 도움도 필요하고 아침부터 와야 하는 법이다.

결국 끝났을 무렵에는 태양이 꼭대기를 지나서였고, 소치기 소녀는 후우후우 숨을 내쉬며 이마의 땀을 닦았다.

"우와아, 벌써 점심 놓쳐 버렸어……."

평소에도 일을 해서 몸을 움직이니까 피로는 그렇다 치고, 공복은 힘들다.

소치기 소녀는 어쩐지 모르게 배에 손을 대고 문질렀다. 그는 어떨까? 고개를 갸웃거렸다.

"도시락이라도 만들어올걸 그랬어."

"그런가."

그것은 정말로 사소한 혼잣말이었기에 그 대답에 그녀는 흠칫했다.

아니야, 라고 입을 열려다가 철 투구 너머로 그가 이쪽을 보고 있는 걸 알았다.

알고서, 그리고 숨을 삼켰다.

"미안하군."

"아, 아니."

예상치 못한 여섯 걸음째는, 드디어 분명히 땅에 닿은— 기분이 들었다.

소치기 소녀는 가슴을 진정시키면서 배에 대고 있던 손을 가슴으로 움직였다. 꼬옥 쥐었다.

"……말해주면, 만들어줄게."

"알았다."

두 사람은 짐수레를 밀면서 걷기 시작했다.

"어떡할 거야?"

그녀가 묻자, 그가 말했다.

"우선 책을 길드에 전달한다."

도시의 문을 지나자 모험가들의 시선이 힐끔거리며 이쪽을 보더니 흘러갔다.

뭔가 이상한 녀석이 뭔가 이상한 짓을 하고 있어도 그다지 주목을 받는 일이 없을지도 모른다.

그것은 소치기 소녀로서는 불만이 남는 감상이었지만, 어째선지 그다지 신경 쓰이지 않았다.

—어째서지?

기묘하게도 그녀 자신도 이유는 알 수 없었다. 다만 불쾌한 감각은 아니었다.

이윽고 모험가 길드 앞에 도착하자 그는 방해가 되지 않는 위치에 짐수레를 세웠다.

"접수처에, 뒤처리 보고를 마친다."

그는 조금 생각하듯 철 투구를 기울이고, 천천히 확인하는 것 같은 어조로 말했다.

"주점에서 식사를 해도 괜찮다."

그것이 어쩐지 기쁘다기보다 우스워서 소치기 소녀는 키득 웃었다.

"괜찮아?"

말하고, 의미가 통하지 않겠다고 생각해서 덧붙였다.

"집에서, 같이 먹을래?"

그는 입을 다물었다.

소치기 소녀는 신이 나서 디딘 발치가 무너진 것 같은 기분이 들었다.

그렇지만, 그는 조용히 말해주었다.

"그런가."

그의 대답은 평소와 다름없는 한 마디였지만, 그녀에게는 의미가 있었다.

"그런 거야."

"그런가."

응, 그래. 다시 한 번 반복했다. 그런 거야. 그는 고개를 끄덕였다.

"그러면, 금방 돌아오지."

"응."

그렇게 소치기 소녀는 길드 안으로 들어가는 그의 뒷모습을 배웅했다.

밀어서 여는 스윙 도어 너머, 접수원 아가씨가 활짝 미소 지으며 그를 응대하는 게 보였다.

소치기 소녀는 어쩐지 공중에 떠오른 기분으로 짐수레의 짐칸에 앉았다. 무릎에 팔꿈치를 올리고 턱을 괴었다.

다리를 휘휘 흔들면서 거리를 보았다. 인파 속을 오고 가는 모험가. 도시의 사람들. 평소와 같은 풍경.

그렇지만, 하늘과 마찬가지. 이런 식으로 빤히 바라본 건 몇 번이나 될까?

이 사람들 중에 몇 명은 틀림없이 그녀의 목장에서 만든 것을 먹고 있으리라.

그렇게 생각하자 아주 약간 기뻤다.

그저 백부를 도우려고 하는 일이라도 뭔가 의미가 있는 것 같았다.

"어, 머……?"

문득 귀에 들린 허스키한 목소리.

멍하니 있던 탓인지 그 사람이 다가온 것을 깨닫는 것이 늦어졌다.

"오, 랜만…… 이, 네."

"아!"

소치기 소녀는 벌떡 일어섰다. 그 예쁜 사람, 마녀다.

"오랜만이에요!"

짐칸에서 뽕 뛰어내리며 꾸벅 고개를 숙였다.

반사적으로 한 일이라 묘하게 기세가 붙어 버렸다.

그것이 어쩐지 쑥스러워서 볼을 붉히자, 마녀는 목 안쪽에서 웃음을 흘렸다.

"오, 늘……은, 무슨 일, 이야……?"

"아, 저기."

소치기 소녀는 대답을 공중에서 찾았다.

"그를, 돕느라고."

이것을 길드에 전하러 왔다. 그렇게 말하자 마녀는 눈을 가늘게 뜨고, 짐칸에 쌓인 책을 쓰다듬었다.

"그래……."

"저는 잘 모르겠지만요. 이거 가치가 있는 거죠?"

"그러, 네. ……그렇게, 생각하는 사람……에게, 는."

가치가 있는 것이다. 마녀는 그렇게 중얼거리고 살며시 볼에 웃음을 지었다.

어라? 소치기 소녀는 문득 깨닫고서 고개를 갸웃거렸다. 혹시나. 어쩌면이지만.

"……무슨 좋은 일 있었어요?"

"후, 후."

마녀는 긴 속눈썹을 흔들면서 눈을 깜빡였다. 비밀의 주문을 읊는 것처럼, 살며시 입술을 벌리면서.

"이, 제……부터…… 모험(데이트), 이……야."

"와."

소치기 소녀가 입을 벌리자, 마녀는 키득키득 수줍게 손으로 입가를 가렸다.

"그, 럼."

훌쩍 손을 흔들고, 허리를 씰룩이면서 걸어가는 그녀. 그 너머에 창을 짊어진 모험가가 있었다.

—좋겠다…….

뭐가 좋은 건지, 소치기 소녀 자신도 몰랐지만.

"끝났다."

"아, 응."

교대하는 것처럼 그가 돌아왔다. 소치기 소녀는 고개를 끄덕이고 짐수레 뒤로 돌아갔다.

짐칸에서 책을 내리기 위해서다. 물론 그도 책 더미를 들어 내리고 있었다.

"결국, 어디에 기부하게 됐는데?"

"모른다."

그는 짧게 말했다.

"길드에서 맡아 조사한 다음, 정한다고 했다."

그렇구나. 그녀가 말하자, 그는「그렇다」라고 짧게 말했다.

소치기 소녀는 책을 쌓고, 내리고, 직원에게 건넸다. 작업은 반복이다.

다만 그때, 문득 달콤한 냄새를 맡은 것 같았다.

사과 향이다. 아마도— 그렇지.

그래서 후우 한숨을 쉬고 이마의 땀을 닦으면서, 그녀는 자연스럽게 물었다.

"그러고 보니 그 사람은 요즘 안 보이네."

그의 움직임이 멎었다. 어째서일까? 소치기 소녀가 고개를 갸웃거리자, 그의 철 투구가 움직였다.

"그 사람."

그가 말했다.

"이라는 건."

"왜, 전에 일을 같이 한 사람."

소치기 소녀는 뭐라고 말해야 할지 공중을 올려다보았다. 눈이 아플 정도의 파란 하늘.

"……마법사 말야."

그는 금방 대답하지 않았다.

몇 권인가 책을 쌓아, 내리고, 직원에게 건네고, 다음 책을 쌓아서, 내리고, 직원에게 건넸다.

소치기 소녀는 참을성 있게 기다렸다. 여기까지 몇 번이나 발을 디뎠다. 이번에도 괜찮다고, 믿었다.

"멀리 갔을 거라고 생각한다."

이윽고, 그는 대단히 애매한 말을 조용히 중얼거렸다.

"아마, 돌아오지 않겠지."

"그렇구나."

소치기 소녀가 말했다.

최악의 사태를 상상하고, 그러나 어쩐지 그것을 입 밖에 꺼내는 것이 꺼려졌다.

그녀가 입을 다문 것을 보고, 그는 손을 멈추었다.

그리고— 그녀가 놀랄 만큼 부드러운 어조로 말했다.

"죽지는 않았다."

그때 그것이 그녀의 착각이 아니라면, 분명 그는 희미하게 웃고 있었다.

소치기 소녀는 그것에 조금 안도하고 숨을 내쉬었다. 죽지 않았다. 그것은 근사한 일이다.

그녀는 자신도 어째서 그런 것을 물었는지 모르는 채 다음 말을 던졌다.

"쓸쓸해?"

"모르겠다."

대답은 단적이었다.

그는 마지막 책을 쌓아서 내리고 드디어 한숨 돌렸다.

그리고 철 투구를 쓴 채 고개를 숙이고, 생각하고, 그리고 천천히 고개를 좌우로 흔들었다.

“모르겠지만…… 그런 의미에서는 그게 쓸쓸한 것일지도 모른다.”

“그렇구나.”

소치기 소녀는 다시 한 번 「그렇구나」 중얼거리고, 이마의 땀을 닦았다.

그렇게 내린 책을 직원에게 다 넘기고 나서, 두 사람은 돌아가는 길을 걸었다.

도시에서 목장까지 긴 것 같지만 짧은 길을, 그가 짐수레를 끌고 걸어서 돌아가는 길.

그렇지만 아직 짐은 산더미처럼 쌓여 있었다. 짐수레 뒤에서 미는 것이 소치기 소녀의 역할이었다.

“—교대할까?”

“아니.”

그는 손잡이를 꾸욱꾸욱 끌면서 말했다.

“내 일이다.”

“그렇구나.”

“그렇고말고.”

그리고 대화가 끊어지고, 두 사람은 묵묵히 나아가는 것에 전념했다.

제각각 잡다한 장비를 갖춘 모험가들이 길을 오간다.

머리를 묶은 은발 소녀가 총총 달려가자 그 동료들, 그리고 젊은 전사가 뒤를 따랐다.

창을 짊어진 모험가가 위풍당당하게 길을 나아가고, 낡은 지팡이를 소중하게 끌어안은 마녀가 따랐다.

그런 그들과 반대 방향으로, 그와 소치기 소녀는 천천히, 그러나 한 걸음 한 걸음 디디면서 계속 걸었다.

태양은 벌써 상당히 기울었고, 목장으로 이어지는 별로 길지 않은 길도 주황색으로 물들어가고 있었다.

그런 길을 둘이서 걸은 것은 벌써 몇 년 전 일일까?

—그러고 보니.

그런 것도 있었지. 지금 이 순간까지 떠올리지도 않았던 사소한 추억.

—둘이서 같이, 줄넘기 놀이를 한 적도 있었어.

문득 그녀는 벌써 오래 부르지 않았던 노래를 입술 끝에 실었다.

신이시여　신이시여
주사위 굴리며 같이 놀아요
하나가 나오면 위로해줄게요
둘이 나오면 웃어줄게요
셋이 나오면 칭찬해줄게요
넷이 나오면 과자를 줄게요
다섯이 나오면 춤을 출게요
여섯이 나오면 키스해줄게요
일곱이 나오면……

"……일곱이 나오면?"

문득 들린 목소리가 그의 것이라고, 소치기 소녀는 금방 깨닫지 못했다.

"일곱이 나오면, 어찌 되나."

소치기 소녀는 수줍게 — 보이지도 않을 텐데 — 고개를 숙이고 웃었다.

"……글쎄. 기억이 안 나."

"그런가."

"신기하네, 이 노래. 주사위 눈은 6까지밖에 없는데."

두 개를 던진다면 이번에는 1이 나올 리 없어진다.

얼버무리는 것처럼 중얼거리자 그는「그렇군」하며 역시 낮은 목소리로 응답했다.

어쩐지 흘끔 살피자, 그는 짐수레를 끌면서 멍하니 하늘을 올려다보고 있었다.

"——."

그 모습에, 어째선지 목장 주위의 울타리가 수리된 것이 소치기 소녀의 뇌리에 떠올랐다.

—하긴 그렇지.

그때는 깨닫지 못했다. 어째서 그것이 눈에 밟혔는지.

백부가 작업한 거라 생각했다. 그러나 백부가 한 일이라면 이미 눈에 익었다.

깨닫는다, 라는 것 자체가 애당초 일어나지 않았으리라.

서투른 손놀림으로 오기를 부리며 나무 조각을 깎아내서, 해가 질 때까지 뭔가 만들려 했던 소년.

그것은 장난감이었을까? 목검이었을까? 뭐였지? 이제 기억은 애매하지만.

그런 익숙한 광경을 이제 와서 떠올리고, 그녀는 눈을 가늘게 뜨며 웃었다.

어째선지 저녁 해가 대단히 번져 보였다.

짐칸에 쌓인 짐이 길의 자갈로 튕기는 차륜 탓에 덜컥덜컥 소리를 내며 흔들린다.

소치기 소녀는 잘 모르는 고물들뿐이지만, 그는 이것을 헛간에 넣을 거라고 했다.

분명히 밤까지 걸린다. 그녀는 그것을 도와야겠다고 생각했다.

그 텅 빈 헛간에 조금이라도 그의 짐이 늘어나면 그것은 무척 좋은 일이라고 생각했다.

밤까지 일을 하면, 분명히 배가 엄청 고파질 거다. 밥을 먹어야 한다.

스튜를 데워서 삼촌이랑, 그랑, 자신 셋이서 먹는다.

그것은 대단히 좋은 생각 같았다.

"그러면."

소치기 소녀는 힘을 주어 짐칸을 지탱하고 밀면서 말했다.

"내 일일 때는, 내가 끌게."

너는 도와줘. 그렇게 말하자 그는 조금 입을 다문 다음에 「알았다」라고 말해주었다.

소치기 소녀는「응」하며 수긍하고 다시 한 번 힘을 주었다.

목장은 이제 눈앞이었다.

## ■작가 후기

안녕하세요! 카규 쿠모입니다.

고블린 슬레이어 이어 원 2권, 재미있으셨나요?

이어 투거나 롱 할로윈이거나 하는 느낌일지도 모르겠습니다.

그러니까 분명히 제3권은 다크 빅토리가 되지 않을까요? 우응. 수수께끼 같군요.

어쨌거나 이번에도 고블린이 나와서 고블린 슬레이어가 고블린을 퇴치하는 이야기입니다.

그에게는 그것이 전부고, 그것밖에 안 보이고, 그것을 하는 수밖에 없습니다.

여러 가지 만남이 없었던 것은 아니지만, 살아가는 것은 어려운 겁니다.

한 걸음씩 한 걸음씩 걸어간 결과가 본편이 되니까, 거기까지 가는 길도 길어집니다.

다시 말해서 「경험치」라는 건 이런 게 아닐까……라고 생각하면서.

그런 느낌으로 이야기를 한껏 쓰고 있으니 재미있으셨다면 다행이겠습니다.

본작은 여러 사람들이 힘을 보태준 덕분에 쓸 수 있었습니다.

게임 관련 친구들, 창작 관련 친구들, 언제나 정말로 고맙습니다.

일러스트를 담당해주신 아다치 신고 선생님. 고전 씨의 디자인 정말 고맙습니다!

코미컬라이즈의 사카에다 켄토 선생님. 지금 마침 1권의 클라이맥스군요. 굉장하다구!

정리 블로그 관리인님. 언제나 응원해 주셔서 정말 고맙습니다.

우주비행사 정도가 되었을지는 모르겠지만, 지역을 위해서 한껏 해보겠습니다.

편집부 여러분, 언제나 신세 지고 있습니다. 이번에도 여러모로 고맙습니다.

제가 모르는 수많은 곳에서 본작에 연관된 여러분, 정말 고맙습니다.

그리고 손에 집어주신 독자 여러분, 정말로 고맙습니다.

이어 원이라고 하면서도 계속 이어갈 수 있을 것 같으니, 제3권도 쓸 수 있을 것 같습니다.

분명히 제3권도 고블린이 나와서 고블린 슬레이어가 고블린을 퇴치하는 이야기입니다.

만약 그렇게 되면, 그 때는 또 부디 잘 부탁드립니다.

그러면.

## ■ 역자후기

Rip and tear!

찢고 죽인다!

아, 이건 다른 슬레이어구나. 그렇습니다. 불초 역자입니다. 그리고 지켜보고 있습니다.

여러분이 고블린 슬레이어 관련 밈을 올릴 때 역자가 지켜보고 있다는 걸 유념하셔야 합니다. 참고로 오늘은 어메이징한 짤도 발견했습니다. 물 건너 그쪽에도 고블린이 나오잖아요? 한 두어달 전에 나온 거더군요.

마침 같은 분기 애니 방영한 작품에 나온 고블린하고 엮이는 밈 같은 것도 보면서 낄낄거리고 있습니다. 하하하하. 많이많이들 올려주세요.

뭐 기왕 얘기가 나온 김에 그 슬레이어 씨에 대한 얘기를 좀 해볼까요? 그래요. 그냥 느닷없이 떠오른 게 아닙니다. 하필이면 이 후기를 쓰기 직전 즈음에 고블린 슬레이어 애니메이션에 둠 트랙 믹스해놓은 동영상을 발견하고야 만 것입니다. 첫 등장 시에 BGM을 바꾼 거라든가 말이죠. 어찌나 어울리던지 훌륭한 대화 수단인 전기톱을 챙겨서 하라는 일은 안 하고 농땡이 치고 있는 위화감을 찾아가 일을 하길 원한다는 갈망을 담소 나누고 싶었을 정도입니다.

Rip and Tear!

과연 늘상 오케스트라가 동원되던 게임 어워드 회장을 헤비메탈 공연장으로 바꾼 전설의 게임입니다. 이제야 슬슬 밀려 있던 일도 소화해서 안정화가 되어가고 있으니 요번에 컴퓨터 바꾸고 나면 둠도 해봐야겠어요.

자, 이번에는 솔직히 말해서 역자도 발매를 예상 못했던 외전 2권입니다. 1권에서부터 고블린 슬레이어 말고도 여러 모험가들의 과거가 나왔습니다만 이번에도 역시나 모험가들의 과거가 나옵니다. 이야, 막간에만 잠깐씩 등장하면서 그 정도 존재감을 발휘할 수 있다니 역시 대단한 친구입니다. 쾌남아란 것이 무엇인지 아주 그냥 온몸으로 보여주는군요. 이렇게 되면 이어 원 3권의 발매도 정말로 가능하지 않을까 싶어서 기대를 하게 됩니다. 이번에는 또 어떤 캐릭터의 어떤 모습을 보여주게 될 지 궁금하군요.

외전뿐 아니라 본편도 전개가 되고 있습니다. 이어 원의 과거를 거쳐 이른 본편에서는 또 어떤 전개를 보여 줄지가 기대됩니다.

그러면 여러분, 다음에 또 봬요!

고블린 슬레이어 외전: 이어 원 2

초판 1쇄 발행 2019년 2월 20일

지은이_ Kumo Kagyu
일러스트_ Shingo Adachi
옮긴이_ 박경용

발행인_ 신현호
편집국장_ 김은주
편집진행_ 최은진 · 김기준 · 김승신 · 원현선 · 권세라
편집디자인_ 양우연
국제업무_ 정아라
관리 · 영업_ 김민원 · 조인희

펴낸곳_ (주)디앤씨미디어
등록_ 2002년 4월 25일 제20-260호
주소_ 서울시 구로구 디지털로 26길 111 JnK디지털타워 503호
전화_ 02-333-2513(대표)
팩시밀리_ 02-333-2514
이메일_ lnovelpiya@naver.com
L노벨 공식 카페_ http://cafe.naver.com/lnovel11



ISBN 979-11-278-4883-5 04830
ISBN 979-11-278-4882-8 (세트)

**값 9,800원**

# 도서미궁

토아자 세이 지음 | 시라비 일러스트 | 송재희 옮김

당신은 떠올려야 합니다.
마음속 상처 깊은 곳에 숨은 아버지의 원수를 찾아내
빼앗긴 명예와 잃어버린 마법을 되찾는 겁니다.
진조 흡혈귀 소녀, 아르테리아와 함께…….
그러기 위해 도서관 도시를 찾아와 온갖 책이 존재하는
도서미궁에 발을 들였으니까요.
당신에게는 한 가지 커다란 장해가 있습니다.
당신의 기억이 유지되는 시간은 여덟 시간뿐입니다.
그러나 방법은 있습니다. 확실하게 있습니다.
발버둥 치세요. 당신이 인간으로 있기 위해, 모든 기억을 되찾기 위해…….

**제10회 MF문고J 라이트 노벨 신인상**
**3차 심사를 통과한 문제작!!!**

## 치유마법의 잘못된 사용법 1~5권

쿠로카타 지음 | KeG 일러스트 | 송재희 옮김

평범한 고등학생 우사토는 귀갓길에 우연히 만난 학생회장 스즈네,
같은 반 친구인 카즈키와 함께 갑자기 나타난 마법진에 삼켜져
이세계로 전이하게 된다.
세 사람은 마왕군으로부터 왕국을 구하기 위한『용사』로서 소환된 것이지만
용사 적성을 가진 이는 스즈네와 카즈키뿐, 우사토는 그저 휘말린 것이었다!
하지만 우사토에게 희귀한 속성인『치유마법사』의 능력이 있다고 밝혀지며
사태는 180도 바뀌게 되고, 우사토는 구명단 단장이라는 여성, 로즈에게 납치되어
강제로 구명단에 가입하게 된다.
그곳에서 우사토를 기다리고 있던 것은 험악한 얼굴의 동료들,
그리고「치유마법의 잘못된 사용법」을 구사하는
지옥훈련으로 채워진 나날이었다—.

**상식 파괴「회복 요원」이 펼치는**
**개그&배틀 우당탕 이세계 판타지, 당당히 개막!!**